# ANNEMARIE

Lenos Verlag

*Die Autorinnen*

María Castrejón, geboren 1974, ist eine spanische Philologin und Expertin für Genderfragen. Sie veröffentlichte Artikel, Essays und Gedichte. *Outing Friki* war ihre erste Graphic Novel. Ihr Werk wurde ins Englische und Französische übersetzt und hat mehrere Preise gewonnen, darunter den Francisco-Pino-Preis für experimentelle Poesie.

Susanna Martín, geboren 1976, ist eine spanische Illustratorin. Sie zeichnete die Graphic Novel *Alicia nel mondo reale,* Comicstrips über Frauen im Gazastreifen, lesbische Liebe, eine Detektivin und Illustrationen für Zeitschriften. Sie ist Mitglied des Kollektivs Autoras de Cómic.

*Übersetzung*

Myr Bloch, Sibylle Bühler, Nina Engel, Valérie Meier und Simge Yildiz, die 2020 das littera-Kollektiv gründeten, haben eine Passion für Sprachen und aktuelle gesellschaftliche Themen. *ANNEMARIE* ist das erste übersetzte Werk des Kollektivs. Die Arbeit wurde von Nicole Stoll begleitet.

*Disclaimer*

Im Text werden an wenigen Stellen Begriffe verwendet, die heute als diskriminierend empfunden werden. Es handelt sich hierbei ausnahmslos um Zitate aus Werken von Annemarie Schwarzenbach, auch wenn sie nicht explizit als solche gekennzeichnet sind. Das littera-Kollektiv macht sich diese Begriffe nicht zu eigen.

Das littera-Kollektiv und der Verlag danken der Schweizer Kulturstiftung Pro Helvetia für die Unterstützung.

prohelvetia

Titel der spanischen Originalausgabe:
*ANNEMARIE*


Erste Auflage 2022

Satz: Lenos Verlag, Basel
Gestaltung: Susanna Martín
unter Verwendung von Fotografien aus dem Schweizerischen Literaturarchiv, Nachlass Annemarie Schwarzenbach
Printed in Germany
ISBN 978 3 03925 020 2

www.lenos.ch

MARÍA CASTREJÓN

SUSANNA MARTÍN

# ANNEMARIE

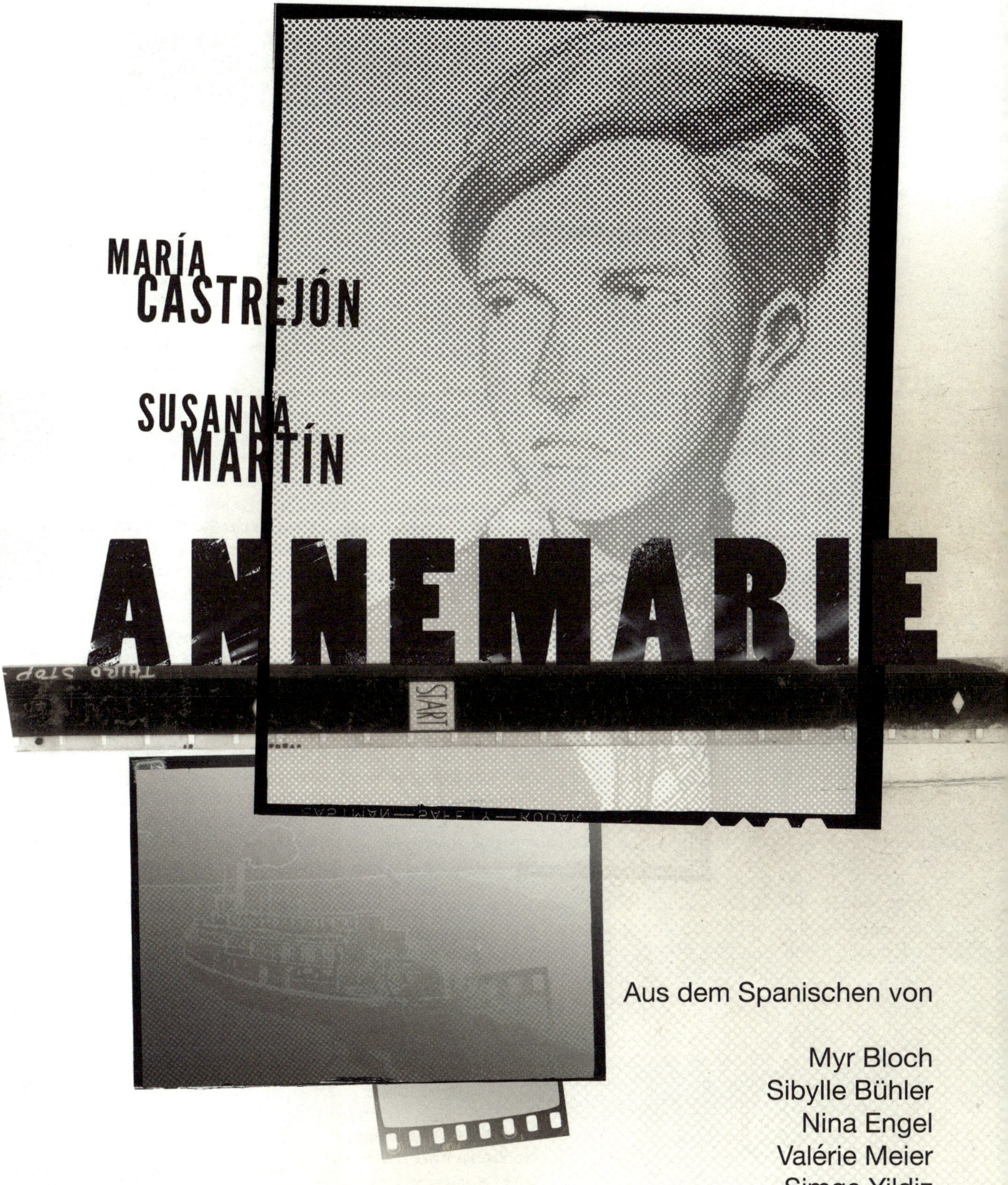


Aus dem Spanischen von

Myr Bloch
Sibylle Bühler
Nina Engel
Valérie Meier
Simge Yildiz

# Vorwort

## BERTA JIMÉNEZ LUESMA

JOURNALISTIN

## Normative Advisory. Political Content

Dies ist kein Vorwort, sondern ein Disclaimer: Bevor du diese Graphic Novel zu lesen beginnst, solltest du wissen, dass du kein gewöhnliches Werk in den Händen hältst, sondern puren gezeichneten Zündstoff. Seine Veröffentlichung an sich ist schon ein revolutionärer Akt. Und das nicht nur, weil Annemarie Schwarzenbach (k)eine Frau[1], lesbisch und maskulin ist. Nicht weil sie schon in ihrer Kindheit gegen den Strom schwamm in einem traditionellen Haus und einer traditionellen Familie, die mit dem Nationalsozialismus sympathisierte. Auch nicht wegen ihrer Suchterkrankungen oder Einweisungen in die Psychiatrie. Nicht einmal weil sie so wichtig für das Verständnis der Reportage oder des Reiseberichts in der ersten Hälfte des 20. Jahrhunderts ist. Nicht nur aus einem dieser Gründe hältst du ein brisantes Buch in der Hand, sondern möglicherweise aus allen. Diese 150 Seiten sind bahnbrechend in der Sichtweise, für die Susanna Martín und María Castrejón sich entschieden haben. Sie zeichnen eine Geschichte von einem ungewohnten Ort aus: der multidimensionalen Erzählung. Das Ergebnis ist ein Mosaik – wie das Leben selbst –, das sich aus allen Teilen zusammensetzt, die notwendig sind, um einen Charakter zu beschreiben und einer Offiziellen Geschichte etwas gegenüberzustellen, deren Hauptmerkmal immer die Einseitigkeit war. Diese Offizielle Version (grossgeschrieben) radiert den grössten Teil aus und bagatellisiert den Rest. Das Verbliebene wird schliesslich auf emotionale oder persönliche Themen reduziert und erstickt jeden Anflug von Professionalität.

Annemarie Schwarzenbachs psychische Verfassung, ihre zwei Selbstmordversuche und ihre Drogensucht sind mehr als genug, um diese unerschrockene und bahnbrechende Journalistin allmählich zu einer traurigen werden zu lassen – zum «verödeten Engel», wie Thomas Mann sie nannte –, zur merkwürdigen Reporterin, zur untröstlichen Reisenden. Annemarie Schwarzenbach ist nicht traurig. Oder vielleicht doch, manchmal. Ab und zu; öfters; allzu oft. Oder vielleicht nicht genug. Aber das spielt eigentlich keine Rolle. Denn weder Annemarie noch irgendeine Frau wird dadurch definiert. Oder zumindest nicht nur dadurch.

Während ein alkoholkranker Schriftsteller verherrlicht, ein Suizidant intellektualisiert, ein Stalker romantisiert wird, werden Frauen immer pathologisiert. Jemand Aussenstehendes übernimmt die Aufgabe, sie auf ihren Platz zu verweisen. Die Offizielle Version mit all ihren Komplizen wird die gesamten Techniken der Genderkonstruktion auffahren und exakt diese vier aussagekräftigen Buchstaben – F-R-A-U – verwenden, um uns ihre Karriere(n) völlig vergessen zu lassen und sie im Gegenteil zu bemitleiden.

(1) In Bezug auf die Aussage von Monique Wittig: «Lesben sind keine Frauen.»

## From "Game Over" to "To be continued"

Aber nein. Genug ist genug. Diese Graphic Novel ist der Widerstand. Glaub nicht, dass sich hier das Blatt wendet. Es handelt sich nicht um eine binäre Reaktion zwischen Schwarz und Weiss. Es ist eine ehrliche Erwiderung: Annemarie ist immer noch hedonistisch, depressiv, nachtaktiv, unangenehm, verletzend und starrköpfig. Aber sie ist auch promiskuitiv, sapphisch, ehrgeizig und eine grossartige internationale Journalistin. In diesem Comic geht es nicht darum, Verletzlichkeit, Unbehagen und Schmerz weiterhin zu leugnen. Nicht «all das Schlechte» zu begraben und die freundliche Seite zu zeigen. Auf diesen Seiten sehen wir eine Annemarie, die in tausend Stücke zerbricht und sich aufspaltet wie die Bilder, die ihr den Rahmen geben. Wir sehen eine Annemarie, die zusammen mit Ella Maillart im Sommer 1939 sechs Monate lang in ihrem 18 PS starken Ford Roadster durch den Balkan, die Türkei, den Iran und Afghanistan reist. Wir sehen eine Annemarie mit einem unendlichen Verlangen nach Sex und Liebe. Wir sehen auch eine hasserfüllte Annemarie.

Annemarie ist der King Kong der französischen Autorin Virginie Despentes: «King Kong funktioniert als Metapher für eine Sexualität vor der Unterscheidung der Geschlechter, die gegen Ende des 19. Jahrhunderts politisch vollzogen wurde. King Kong ist jenseits von Weibchen und Männchen. Er ist das Bindeglied (...) Dann greifen die Uniformierten, die Politik, der Staat ein, um das Tier zu töten.» Sie ist Schülerin von Virginia Woolf, aber sie tötet nicht nur den «Engel im Haus». Sie tötet die traditionelle Weiblichkeit. Sie zeigt sich frei und unabhängig, als Vorreiterin des Empowerments. Annemaries Leben steht für ein Recht auf das Schlechte ein: das Recht, nicht lächeln zu müssen, labil zu sein, nicht feminin zu sein, das Recht, drogenabhängig zu sein, allein oder mit einer anderen Frau durch die Welt zu reisen, das Recht darauf, nicht heterosexuell sein zu müssen.

## Representation matters

Es ist ein Nacharbeiten, ein Versuch, ihre Geschichte, die ‹herstory›, anzureichern. Und dennoch ist es nichts anderes als das: eine Geschichte. Aber diese Abwandlung der Erzählung in 2-D gegenüber der – wenn ich das so sagen darf – kubistischen Erzählung konzipiert die Geschichte neu und gibt ihr eine neue Bedeutung. Verändert sie komplett. Entpatriarchalisiert sie: Alles wird dekonstruiert und dann mit den fehlenden Einzelteilen wieder zusammengesetzt.

Zum Wert all dessen gesellt sich die Kraft des Comicformats – jeder Strich der Zeichnungen umwindet dich und versenkt dich tiefer in diese multiperspektivische Biographie von Annemarie Schwarzenbach. Die gezeichneten Szenen greifen über, denn sie sind sichtbar, lesbar, manchmal auch hörbar und sogar in der Brust schmerzhaft spürbar, jedes Mal wenn diese Rottöne auftauchen. Die literarische und visuelle Darstellung von Annemarie als (k)einer Frau und Lesbe ist wichtig. Denn so erkennen wir uns selbst, gespiegelt. Und wenn die Spiegelbilder uns immer dasselbe zeigen, wie können wir uns dann darin wiederfinden? Wir brauchen mehr (Spiegel-)Bilder von Frauen, von LGBTQI+, Bilder verschiedener ‹races›, besonderer Bedürfnisse, nichtnormierter Körper. Darin sehen wir uns wirklich.

Heute wissen wir, dass Annemarie schon in den 1920er Jahren ‹butch› war, Beziehungen mit Frauen hatte und davon träumte, zu reisen, zu schreiben und als Fotoreporterin zu arbeiten. Und es auch tat. Selbstverständlich darf dabei nicht vergessen werden, dass sie eine weisse, europäische Frau aus der Oberschicht war, weshalb sie überhaupt die Ressourcen fürs Reisen und Kontakteknüpfen hatte. Dabei baute sie nicht auf die Unterstützung ihrer Familie, nahm sie aber trotzdem an. Und ihre ganze emotionale Instabilität zeigt sich nie in ihrer Arbeit: Sie zweifelt nicht, hat keine Angst und verliert keine Zeit damit, andere von sich zu überzeugen oder Abschied zu nehmen. Stattdessen sind ihre Beschreibungen lang, detailverliebt und wach wie ihr Blick.

In dieser Graphic Novel entdeckst du nicht nur physische Reisen durch den Raum, sondern wirst auch Teil von Annemaries innerer Odyssee, von ihrer frühesten Kindheit bis zur geistigen Reife, ihrer Horrortrips auf Morphium und ihrer psychischen Gesundheit. Und auch wenn du es kaum wahrnimmst, wirst du den Gang des kreativen Prozesses spüren, ihn sogar anfassen können. Aber nur wenn du das möchtest, wenn du dich noch traust, umzublättern und Teil des Ganzen zu werden.

3
2

PENG

MENSAHIB, KEBA!
KEBA!
KEBA!
KRACK
ROLLEIFLEX
KLICK

# 1908

Der Frühling 1908 war ausserordentlich warm.

Zürich.

Neue Zürcher Zeitung
KNARR
KNARR
KNARR

PARKRING

KLACK
KLACK
KLACK

Am 23. Mai beginnt es abzukühlen.
Annemarie Mina Renée kommt um 17 Uhr 40 zur Welt. Ihre Mutter hat viel Blut verloren.

Nach Mitternacht verwandelt sich der Regen in Schnee. Parks und Gärten zerstört, Telefonleitungen und Zugverbindungen unterbrochen. Riesige Bäume bersten unter dem Gewicht des Schnees.

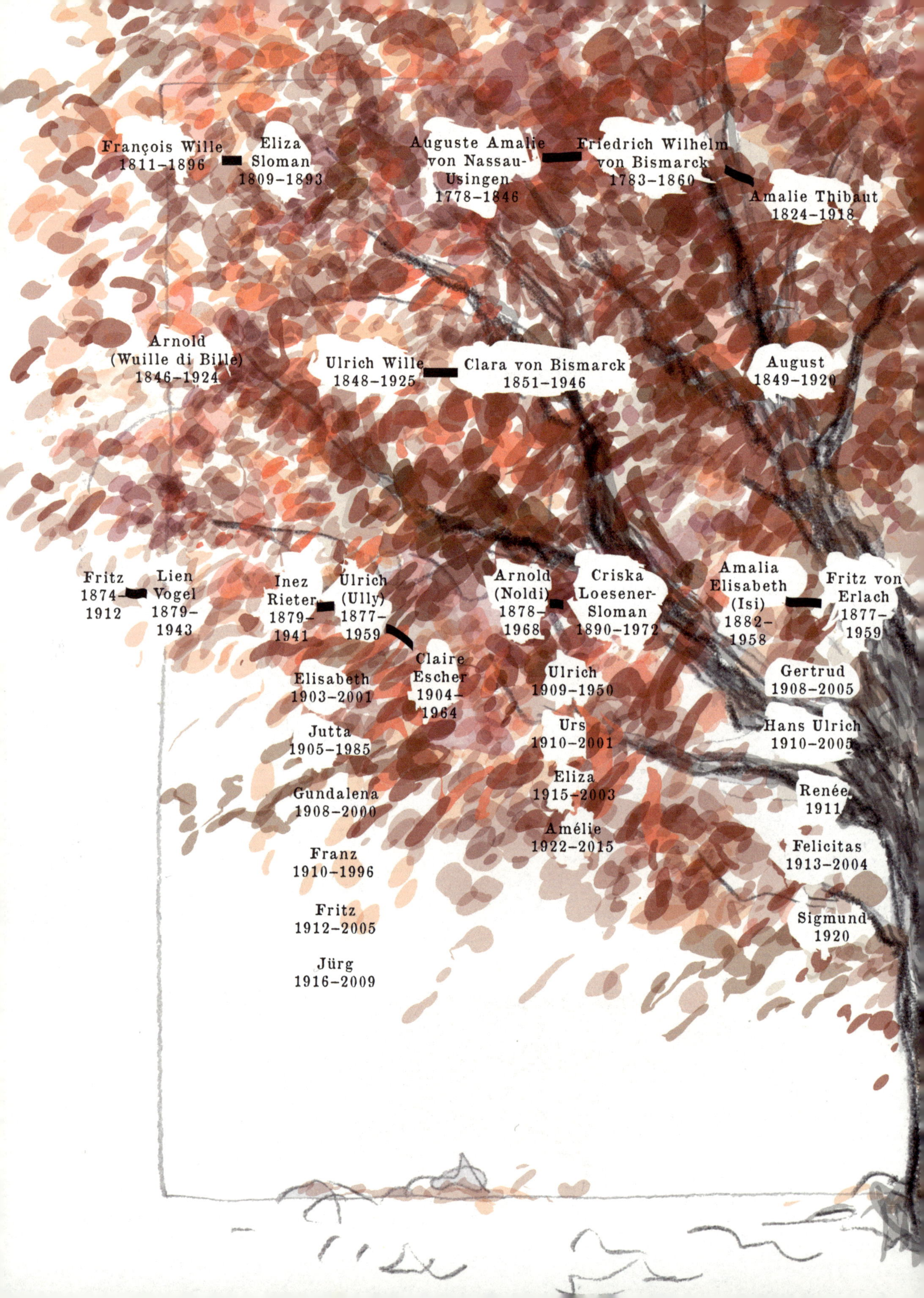
François Wille 1811–1896
Eliza Sloman 1809–1893
Auguste Amalie von Nassau-Usingen 1778–1846
Friedrich Wilhelm von Bismarck 1783–1860
Amalie Thibaut 1824–1918
Arnold (Wuille di Bille) 1846–1924
Ulrich Wille 1848–1925
Clara von Bismarck 1851–1946
August 1849–1920
Fritz 1874–1912
Lien Vogel 1879–1943
Inez Rieter 1879–1941
Ulrich (Ully) 1877–1959
Claire Escher 1904–1964
Arnold (Noldi) 1878–1968
Criska Loesener-Sloman 1890–1972
Amalia Elisabeth (Isi) 1882–1958
Fritz von Erlach 1877–1959
Elisabeth 1903–2001
Jutta 1905–1985
Gundalena 1908–2000
Franz 1910–1996
Fritz 1912–2005
Jürg 1916–2009
Ulrich 1909–1950
Urs 1910–2001
Eliza 1915–2003
Amélie 1922–2015
Gertrud 1908–2005
Hans Ulrich 1910–2005
Renée 1911
Felicitas 1913–2004
Sigmund 1920

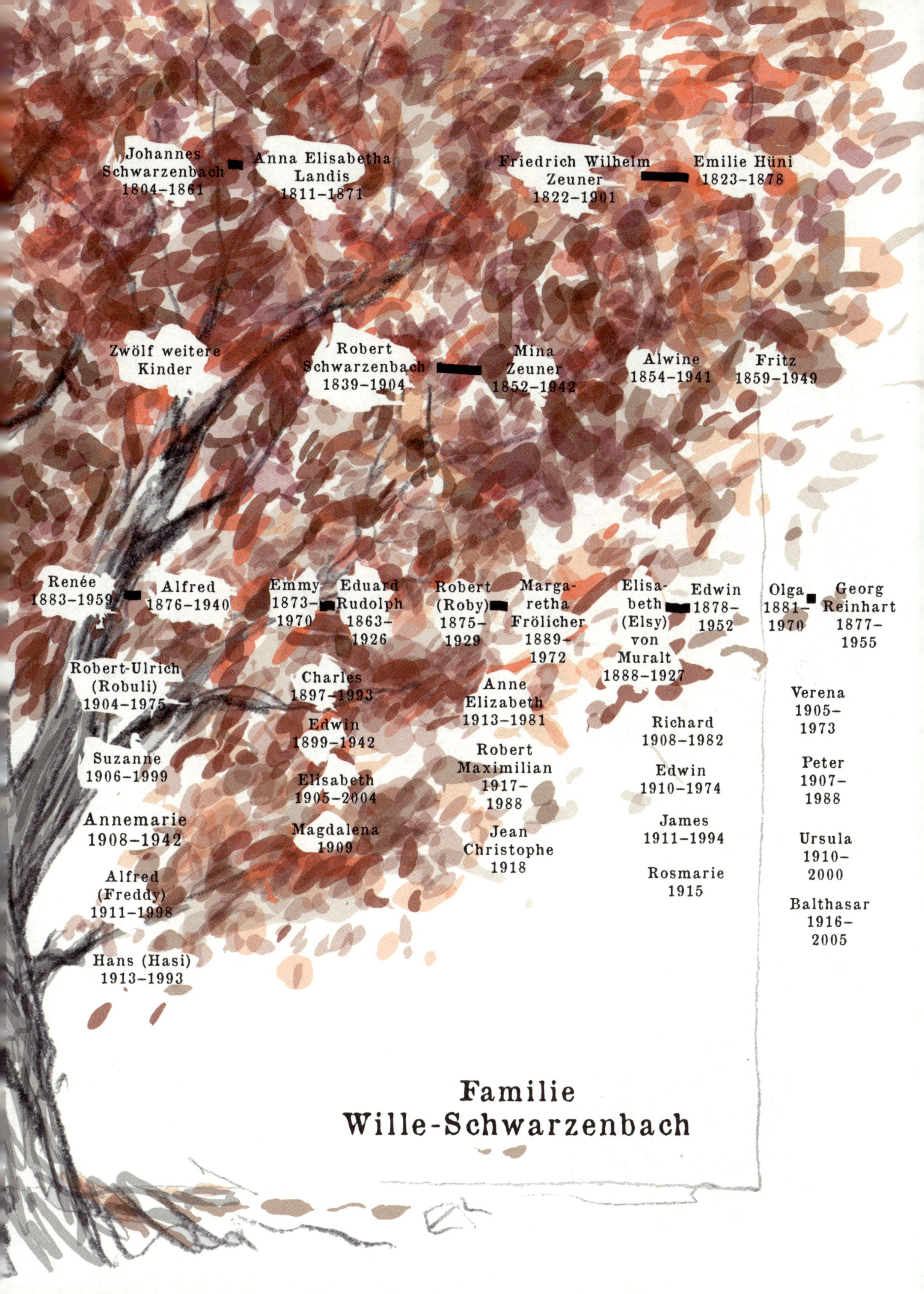


**Familie Wille-Schwarzenbach**

Familie Schwarzenbach-Wille
Villa Im Grünen Winkel
Parkring 53
Zürich
Robuli
Renée
Alfred
Annemarie
Suzanne

Isi, Schwesterherz,
Ich habe eine wunderbare junge Sängerin kennengelernt, Emmy Krüger. Du solltest sie hören. Sofort empfand ich für sie eine grosse Liebe. Wir harmonieren vorzüglich. Ich bin glücklich. Sie hätte die Abreise meiner Freundin May zu ihrer neusten Verpflichtung nicht verkraftet ...
DA-DA ... DADA ...
DADA ...
DADA ...
DA-DA ...
DADA ...
ANNEMARIE, WIESO KANN ROBULI NICHT SPRECHEN?
DA-DA ...
KANN ER DOCH, SUZANNE. SO SAGT ER ‹PAPA›.

BUBI!
TAP
TAP
TAP
TAP
ROBULI!
ROBULI!
ROBULI!
BUBI!
BUBI?
ZÜRICH
SEE
KÜSNACHT
ROBULI!
ROBULI!
DANKE, HERR WACHTMEISTER.
DANKE IHNEN FÜR DEN ANRUF. WIR WUSSTEN NICHT, WAS WIR MIT DEM JUNGEN ANFANGEN SOLLEN, WEIL … ER SPRICHT JA NICHT.
DADA.
BUBI.

... IN DIESEM HAUS GEHT'S UNS GUT ...
TRAPP
TRAPP
... SIE HABEN NUR GESAGT, ES GEBE EIN WUNDERBARES ANWESEN. DOCH MIR GEFÄLLT DAS BESSER, DAS ICH DIR GEZEIGT HABE, ABER DAS WOLLEN SIE ALS LANDESMUSEUM NUTZEN ...
... LEIDER IST ES AM ANDEREN SEEUFER ...
JETZT, WO DAS KLEINE KOMMT, BRAUCHEN WIR MEHR PLATZ ...
TRAPP
WIR MÜSSEN AUS DIESEM HAUS WEG, SUZANNE.
WIESO?
WEGEN DEM NEUEN BABY, DAS KOMMT.
WELCHES BABY?
ES IST UNS ZU KLEIN GEWORDEN, WIE EINE JACKE.
WIR GEHEN HIER NICHT WEG. MIR GEF UNSER HAUS.
MIR AUCH. KANN MAN ABER NIX MACHEN. ES IST DAS BABY.
PAPA!
SCHLUCHZ!
PAPA, IST DAS HAUS ZU KLEIN GEWORDEN WIE EINE JACKE, UND MÜSSEN WIR DESHALB HIER WEG?
NEIN, LIEBES, ABER WIR HABEN EIN SCHÖNERES GEFUNDEN, AUF DEM LAND, DIREKT AM SEE.
ABER ICH WILL NICHT WEG ...
DORT GIBT ES VIELE PFERDE.

TAK
TAKA TAKA TAK TAKA TAKA TAK TAK TAKA TAKA TAK TAK
TAK
TAK
TAK
TAKA TAKA TAK TAK
TAK
TAKA TAK TAKA TAKA TAK TAK TAKA TAKA TAK

1913
Bocken, Horgen, bei Zürich.

Zürich
Horgen
BERN
SCHWEIZ
Lausanne
Genf
Lugano

Mama.
Papa.
MAMA, ICH KANN NACHTS NICHT SCHLAFEN, WEIL JEMAND UNTER DEM HAUS ARBEITET UND LÄRM MACHT.
PAPA, UNTER DEM HAUS IST EINE FABRIK, UND DA ARBEITEN LEUTE. IST DAS DEINE FABRIK?
ANNEMARIE, WIE KANNST DU SO EGOISTISCH SEIN?
NEIN, ANNEMARIE, HIER UNTEN ARBEITET NIEMAND. UNSERE FABRIKEN SIND IN THALWIL, DAS WEISST DU DOCH, LIEBLING. WARUM SAGST DU DAS?
WEISST DU NICHT, DASS ONKEL FRITZ IM DIENST GEFALLEN IST?
ICH HÖRE SIE NACHTS ARBEITEN UND POCHEN. ICH KANN NICHT SCHLAFEN. JEMAND HAT GESAGT, DA SIND GÄNGE UNTER DER ERDE. MACHEN DIE STOFF AUS SEIDENRAUPEN, WIE DU?
DU DENKST NUR AN DEINE KINDEREIEN.
UND SEIDENRAUPEN? VIELLEICHT HÖRE ICH DIE ...
JA, ES GIBT TUNNEL, ANNE-MARIE, ABER DORT ARBEITET KEINER MEH
DORT WURDE NICHT MIT SEIDENRAUPEN GEARBEITET, LIEBLING, SONDERN MIT FELSEN.
SOFORT RAUS HIER!
PAPA, WAS HEISST IM DIENST GEFALLEN?
HEISST ES GUT REITEN?
GEH SPIELEN, ANNEMARIE.
ONKEL FRITZ IST VOM PFERD GEFALLEN.
ES HEISST GUT REITEN FÜRS VATERLAND. GEH SPIELEN, ANNEMARIE.

Bocken, Horgen.
1914
FSSS
GLUCK
GLUCK
GLUCK
DER TENNISPLATZ IST HERRLICH GEWORDEN, MEINE LIEBE RENÉE.
DER ORT IST WIRKLICH WUNDERBAR. DIE BÄUME, DER ZÜRICHSEE, DIESE BRISE …
DIESES HAUS WAR EIN GUTER KAUF.
FSSSSS
FSS
KRIEG!

TOCK!
TOCK!
TOCK!
ANNEMARIE, WER GEWINNT DEN KRIEG?
NA, WER BESSER SPIELT, SUZANNE, WIE BEIM TENNIS ODER BEI PFERDERENNEN.
TOCK!
UND PAPA, SPIELT ER GUT TENNIS?

Zwei Tage später.
FREDDY, WAS MACHST DU?
MMM MMMMM...
MEINE LIEBEN TÖCHTER, PAPA MUSSTE FORT, UM UNSER VATERLAND VOR FEINDLICHEN TRUPPEN ZU BESCHÜTZEN.
MMM
IN EUROPA IST KRIEG, ABER HABT KEINE ANGST, ER WIRD NUR EINGREIFEN, WENN ES ABSOLUT NÖTIG IST.
IN DER SCHWEIZ GLAUBEN VIELE, MAN MÜSSE NEUTRAL BLEIBEN.
WAS HEISST NEUTRAL?
DASS SOLDATEN KEINE ANDEREN SOLDATEN TÖTEN DÜRFEN. SIE REITEN UND HOFFEN, DASS NIEMAND ÜBER DIE BERGE KOMMT.
SIE REITEN?
WIE SOLL SICH PAPA DENN VERTEIDIGEN, WENN WAFFEN NICHT ERLAUBT SIND?
NATÜRLICH HAT ER WAFFEN, ER IST EIN TAPFERER SOLDAT.
ABER NUR FÜR ALLE FÄLLE.
FALLS SIE PLÖTZLICH NICHT MEHR NEUTRAL SIND?
LEIDER WIRD DAS NICHT PASSIEREN.

1916
PSST!
PSST!
GUNDALENA, SUZANNE, KOMMT ...
GENERAL FRITZ, GUNDALENA!
WAS IST LOS, ANNEMARIE?
ICH KONNTE EINE KARTE VON DER FEIND-LICHEN ARMEE AUFTREIBEN ...
HAST DU PAPA EINE KARTE GESTOHLEN?
ES IST KRIEG. ES SIND SCHWERE ZEITEN. DAS WICHTIGSTE IST DIE SICHERHEIT UNSERES LANDES.
DAS GELBE HIER IST DIE SCHWEIZ. UNSERE HEIMAT. NIEMAND DARF REIN.
UND WO IST PAPA?

DIESE INFORMATION IST GEHEIM, WIR KÖNNEN NICHT EINEN UNSERER BESTEN MÄNNER GEFÄHRDEN. LOS!
GENERAL FRITZ, WIR KÖNNEN NICHT EIN GANZES LAND SCHÜTZEN, WIR SIND NUR DREI SOLDATEN!
SCHÜTZEN WIR DIE STALLUNGEN, SIE SIND EIN STRATEGISCHER ORT!
Etwas später ...
ZZZZZZ...
ZZZZZZ...
ZZZZZZ...
ANNEMARIE!
ANNEMARIE!!!
ANNEMARIE! WAS MACHST DU DA? UND UM DIESE ZEIT! DEINE MUTTER BRINGT MICH UM, WENN DU WIEDER KRANK WIRST!
DU HAST DICH GERADE ERST VOM SCHARLACH ERHOLT! DU DARFST NOCH NICHT MAL ZURÜCK IN DIE SCHULE!
GLÜCKWUNSCH, SOLDATEN, DIE MISSION WAR ERFOLGREICH. TAPFER ABT IHR DIE STALLUNGEN VERTEIDIGT.
ANNEMARIE!!!
ICH KOMME, FRÄULEIN LEHRERIN!

1917
ANNEMARIE!!!
ANNEMARIE, WAS MACHST DU DA?
EINE FAHNE HISSEN, SO WEISS ICH, OB UNS PAPA VOM KRIEG AUS SEHEN KANN.
RUNTER DA. DU ERKÄLTEST DICH. DU BIST NOCH NICHT GANZ GESUND.
SUZANNE WILL WISSEN, WO PAPA IST.
GENERAL FRITZ WIRD ES HERAUS-FINDEN. PAPA MUSS UNS NUR SAGEN, OB ER DIE ROTE FAHNE SEHEN KANN.
SEIN AUFENTHALTS-ORT IST GEHEIM.
ANNEMARIE, GEH INS HAUS, UND ZIEH DIR EINEN PULLOVER AN. SETZ DICH ZU SUZANNE UND FREDDY.

Bocken. 5. September 1917.

age später.

UAAAAAAH!!!
AAAAAH!!!
ATTACKEEE!!!
AAAAAH!!!
UAAAAAH!!!
FRAU SCHWARZENBACH, ICH MACHE DAS GLEICHE WIE JEDES JAHR, ES LIEGT NICHT IN MEINER HAND ...
AAAAAH!!!
ANNEMARIE!!!
HALT! STILLGESTANDEN! BEFEHLE VON OBEN!
KINDER ...
ICH HABE EUCH GESAGT, IHR SOLLT NICHT HIER SPIELEN. GOTT, ICH KANN NICHT MEHR!
ES IST KRIEG, MAMA.
ANNEMARIE, ES REICHT.
DU UND DEINE GESCHWISTER, GEHT INS HAUS SPIELEN, ODER ES SETZT WAS.
DAS IST KEIN SPIEL, ES IST KRIEG.
KLATSC
INS HAUS, HASI!

RENÉE?
ICH BIN AM ENDE MEINER KRÄFTE, LIEBSTE. ZWISCHEN HAUSHALT, HOF, FABRIKEN UND DEN KINDERN ... SIE BRINGEN MICH AUF DIE PALME.
ICH KOMME NICHT ZUR RUHE, DIENST AN DER HEIMAT HIN ODER HER, EMMY. ICH BIN SO MÜDE.
DU BIST EINE SEHR TAPFERE FRAU, RENÉE.
VON ALFREDS ELTERN UND IHRER GESINNUNG GANZ ZU SCHWEIGEN ...
REG DICH NICHT SO AUF. NICHT JEDER MUSS SO DENKEN WIE WIR.
ICH WEISS, ABER DU KENNST MICH, ICH WILL IMMER SAGEN, WAS ICH DENKE. VOR ALLEM WENN ICH WIRKLICH DRAN GLAUBE ... ICH BIN EINE GEBORENE BISMARCK! ICH HAB'S IM BLUT!
UND DANN INS GEMEINDEHAUS GEHEN UND MILCH UND ESSEN VERTEILEN ... WAS DAS KOSTET ...
DU BIST EINE SEHR STARKE FRAU, RENÉE.
DU AUCH, EMMY. ICH HABE GLÜCK, DICH ZUR FREUNDIN ZU HABEN.
ICH HABE AUCH GLÜCK, DICH ZUR FREUNDIN ZU HABEN. MIT DIR KANN ICH DIE LIEBE ZUR MUSIK UND ZU ... DEUTSCHLAND TEILEN.
bis 1904
PARIS

1919
WIR MÜSSEN STARK SEIN, GUNDALENA.
ICH BIN STARK. DASS ICH NICHT WIE DU HOSEN TRAGE, HEISST GAR NICHTS.
ABER STARK SEIN REICHT NICHT, WIR MÜSSEN ES AUCH BEWEISEN. SONST DENKEN SIE IMMER, DASS SIE MÄCHTIGER SIND.
DENK AN FREDDY. ALLES, WAS ER MACHT, IST EINE GROSSARTIGE LEISTUNG, JEDE KLEINIGKEIT.
ER IST EIN JUNGE, ANNEMARIE.
ABER ICH BIN STÄRKER ALS ER. UND DU AUCH. BEREIT?
LOS GEHT'S.
TUT'S WEH?
NEIN, TUT ES NICHT.
DU LÜGST.
AUU!
ICH BIN STÄRKER. ICH HAB GEWONNEN.
HA! DU WEINST ...
ICH WEINE NICHT, ICH ERTRAGE DEN SCHMERZ.

Eine Stunde später ...
HA-HAHA-HA.
IMMER SO GEISTREICH, LIEBSTE!
UND SCHÖN ...
HAHA-HA.
IHR HABT WOHL SCHON VERGESSEN, DASS WIR DEN KRIEG VERLOREN HABEN.
WELCHEN KRIEG? HAHAHA!
MAMA.
HAHA-HA.
WAS WILLST DU, ANNEMARIE?
ICH HAB MIR AN DER HAND WEH GETAN ...
WAS HAST DU DENN DIESES MAL GESPIELT?
ICH HAB MICH AUS VERSEHEN AN DER KERZE VERBRANNT.
ICH HABE DEINEN UNFUG SATT. DU WILLST STÄNDIG AUFMERKSAMKEIT. SCHAU FREDDY AN, DER HAT SO WAS NICHT NÖTIG.
HÖR AUF ZU WEINEN, ANNEMARIE. GEH! LASS MICH IN RUHE!
ABER MAMA ...

SEI NICHT SO GRAUSAM, RENÉE. ARME ANNEMARIE. KOMM HER, SCHATZ, ZEIG MIR MAL DEINE HAND.
ICH KANN SO NICHT KLAVIER SPIELEN ...
OH, STIMMT, JETZT, WO SIE IN IHRE LEHRERIN FRAU FISCHER VERLIEBT IST ...
MAMA!
LASS SIE, RENÉE, SIE IST SO HÜBSCH ...
VERHÄTSCHLE SIE NICHT, SONST MACHT SIE ES NOCH MAL.
... UND MIT DIESEN LUSTIGEN HÖSCHEN ...
STELL DIR VOR, LETZTENS LIESS MAN SIE DESWEGEN NICHT IN DIE KIRCHE. DORFTROTTEL, WAS WISSEN DIE SCHON!
TUUT!
TUUT!
MAMA, PAPA IST AUS NEW YORK ZURÜCK!!!

WIE WAR DIE REISE, LIEBSTER?
ICH HABE MICH NACH DIESER OASE DES FRIEDENS UND DER RUHE GESEHNT.

PAPA, HAST DU GESCHENKE MITGEBRACHT?
GESCHENKE!
JA, FREDDY, GESCHENKE FÜR DIE GANZE FAMILIE ...

AUCH WENN ICH GLAUBE, DASS JEMAND NUR AUF MEIN AUTO AUS IST, HEHE!
NEIN, PAPA! ES IST NUR ...
... ICH WÄRE GERN GROSS, DAMIT ICH SO VIEL REISEN KÖNNTE WIE DU.

NUR NICHT SO EILIG, KIND.

Arbeit Freiheit und Brot!
Wählt Nationalsozialisten! Liste 8
1925
DER
UTSCHE
UDENT
KÄMPFT FÜR FÜHRER UND VOLK
IN DER MANNSCHAFT DES NSD-STUDENTENBUNDES
Wandervogel
1923 NÜRN
N.S.D.A.P.
DAS PROGRAMM der N.S.D.A.P.

1925
HERRLICH!
JA, WIE SCHÖN, DASS ER BEI UNS IN MARIAFELD WAR.
HITLER IST ÄUSSERST SYMPATHISCH!
DER GANZE MENSCH BEBT, WENN ER SPRICHT; ER SPRICHT WUNDERVOLL.

UM GOTTES WILLEN, WARUM MUSS DER MANN DIE GANZE ZEIT SO SCHREIEN?

SEINE IDEEN SIND TROTZDEM INTERESSANT, IN DEUTSCHLAND SAH ES NACH DEM KRIEG JA AUS. ITALIEN HAT BEREITS GEHANDELT, MUSSOLINI KONSOLIDIERT DIE FINANZIELLE LAGE SEINES LANDES.
WAS MACHT DAS KLAVIER, ANNEMARIE?
PAH, JETZT HAT SIE'S MIT DEM SCHREIBEN!
WER NUR ZU HAUSE SITZT, HAT DOCH NICHTS ZU ERZÄHLEN. SIE SOLLTE BESSER REITEN UND EINE STARKE FRAU WERDEN.
UNSERE ENKELIN IST EINE GROSSARTIGE PIANISTIN UND WIRD SICHER AUCH EINE GUTE AUTORIN.
BEREIT FÜR DIE REISE INS ENGADIN? DIE MÄDCHENSCHULE, AUF DIE DU GEHEN WIRST, HAT EINEN VORTREFFLICHEN RUF.
JA, SICHER.
DORT DARF ICH WENIGSTENS REDEN.
SEI NICHT FRECH, ANNEMARIE.

ROBULI ...
DIESER JUNGE HAT MICH SCHON IMMER FASZINIERT.
EINE GROSSE BEGABUNG FÜR MUSIK UND MALEREI.
UND WAS ER WOHL IN SEINEM KOPF VERBIRGT, DAS ER GAR NICHT AUSSPRECHEN MUSS.
WIR WERDEN DEN BERÜHMTEN DOKTOR GUSTAV JUNG AUF DER ANDEREN SEESEITE AUFSUCHEN.
LEUTE AUS DER GANZEN WELT GEHEN ZU IHM.
ER WIRD ROBULI ZUM SPRECHEN BRINGEN.
UND DU WIRST IHN DANN UNTERBRECHEN, STIMMT'S, MAMA?
ANNEMARIE!
FRUS
ICH GEHE SCHWIMMEN ...
DIESES MÄDCHEN IST UNMÖGLICH!
PLATSCH

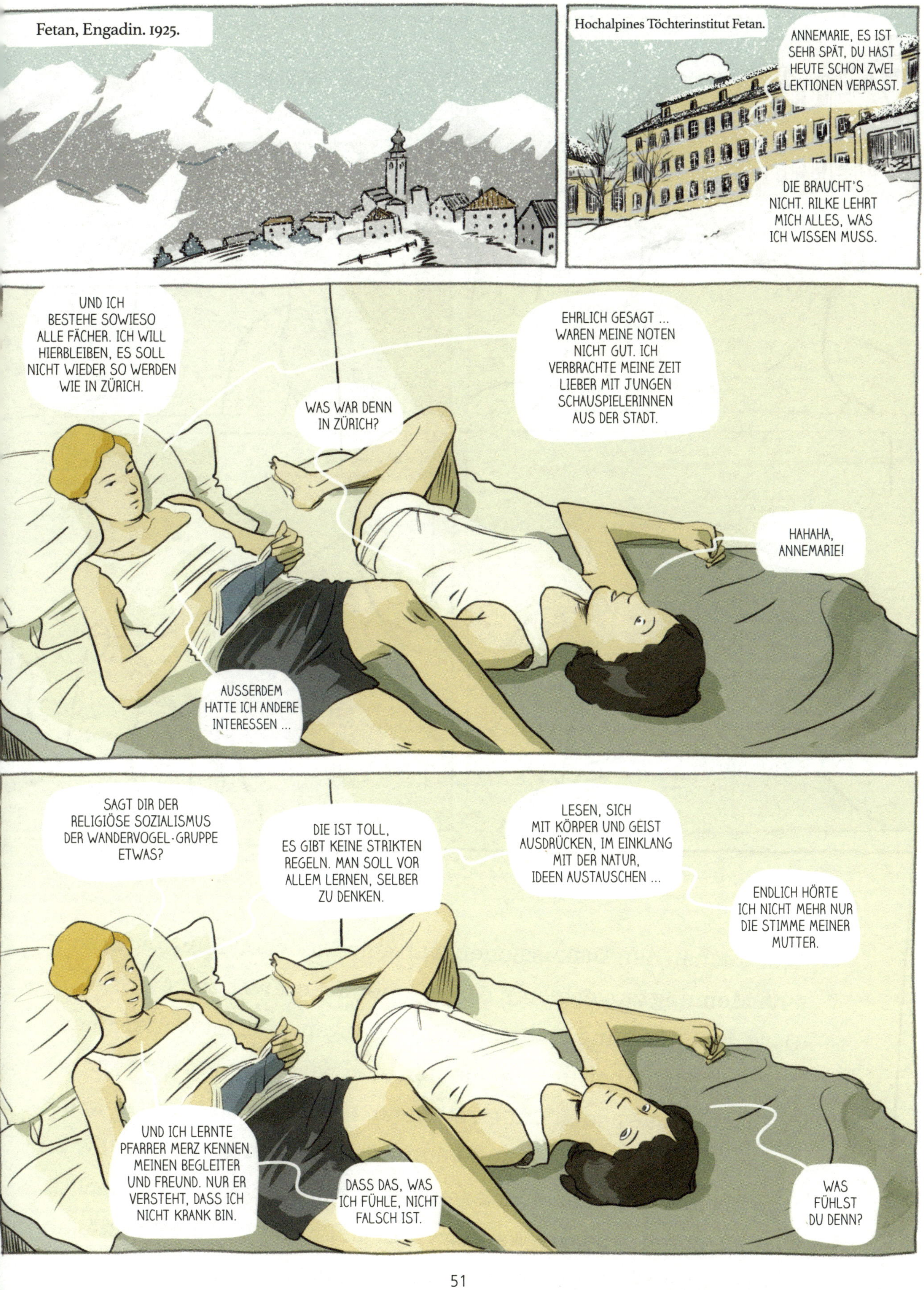
Fetan, Engadin. 1925.
Hochalpines Töchterinstitut Fetan.
ANNEMARIE, ES IST SEHR SPÄT, DU HAST HEUTE SCHON ZWEI LEKTIONEN VERPASST.
DIE BRAUCHT'S NICHT. RILKE LEHRT MICH ALLES, WAS ICH WISSEN MUSS.
UND ICH BESTEHE SOWIESO ALLE FÄCHER. ICH WILL HIERBLEIBEN, ES SOLL NICHT WIEDER SO WERDEN WIE IN ZÜRICH.
WAS WAR DENN IN ZÜRICH?
EHRLICH GESAGT ... WAREN MEINE NOTEN NICHT GUT. ICH VERBRACHTE MEINE ZEIT LIEBER MIT JUNGEN SCHAUSPIELERINNEN AUS DER STADT.
AUSSERDEM HATTE ICH ANDERE INTERESSEN ...
HAHAHA, ANNEMARIE!
SAGT DIR DER RELIGIÖSE SOZIALISMUS DER WANDERVOGEL-GRUPPE ETWAS?
DIE IST TOLL, ES GIBT KEINE STRIKTEN REGELN. MAN SOLL VOR ALLEM LERNEN, SELBER ZU DENKEN.
LESEN, SICH MIT KÖRPER UND GEIST AUSDRÜCKEN, IM EINKLANG MIT DER NATUR, IDEEN AUSTAUSCHEN ...
ENDLICH HÖRTE ICH NICHT MEHR NUR DIE STIMME MEINER MUTTER.
UND ICH LERNTE PFARRER MERZ KENNEN. MEINEN BEGLEITER UND FREUND. NUR ER VERSTEHT, DASS ICH NICHT KRANK BIN.
DASS DAS, WAS ICH FÜHLE, NICHT FALSCH IST.
WAS FÜHLST DU DENN?

Aber auch in den Diskussionen war kein Mädchen fähig, wirklich eine Meinung zu vertreten oder persönliche Kraft zu beweisen. Dass die Buben uns im Spiel weit überlegen sind, ist weiter nicht merkwürdig. Aber im allgemeinen sind wir Mädchen absolut *nicht unter* den Buben stehend. Ich meine, die jungen Mädchen zwischen fünfzehn und einundzwanzig brauchen sich wahrhaftig nicht vor der Überlegenheit des männlichen Geschlechts zu fürchten. Aber im Wandervogel ja. Es gibt hundert Erklärungen, aber keine Entschuldigungen dafür.

WIE FINDEST DU IHN?
HAT ER DIR GEFALLEN?
GROSSARTIG.

MEHR ALS DAS. ICH FÜHLE MICH SICHERER, STÄRKER, MEHR ...

MEHR ...

1928
Universität Sorbonne, Paris.
«Suzanne, mein Zwerg zieht für ihr Studium nach Paris. Es war ein zu grosser Aufwand, täglich nach Zürich und zurück zu reisen.»
«Sie arbeitet sehr hart und hat so mehr Zeit für ihr Studium. Ausserdem kann sie ihr Französisch perfektionieren und spricht nicht mehr, als wäre sie aus Neuenburg ...»
LIEBE COUSINE, ICH ERTRAGE ES NICHT, WIE SIE MICH HIER ANSTARREN!
DAS LIEGT AN DEINER RÄTSELHAFTEN ‹ROSENKAVALIER›-AUSSTRAHLUNG, HEHE.
ICH BIN GENERAL FRITZ!
DAS IST KEIN SPIEL MEHR, ANNEMARIE.
DOCH, GUNDALENA. WIR MÜSSEN EINFACH LERNEN, MIT DEM ZU SPIELEN, WAS WIR SIND, WAS WIR HABEN ...
«Und wie geht's Dir? In Liebe, Mama.»
TROTZ-DEM ...
ICH LIEBE PARIS, ABER ICH KANN ES KAUM ERWARTEN, NACH HAUSE ZU KOMMEN.
DU WIRST SEHEN, SCHON BALD FAHREN WIR SKI IN ST. MORITZ MIT DER FAMILIE.
ICH ERINNERE MICH, WIE MEINE FAMILIE IMMER KLEINER WURDE, ALS SIE MICH AM BAHNHOF VERABSCHIEDETE ...
DAS IST KEIN ORT FÜR MICH. ALLE KRITISIEREN MICH, WEGEN MEINER KLEIDUNG, MEINES GELDES ...
ABER DANN LASSEN MICH ALL DIESE KÜNSTLER, DIE MIR MEINE HERKUNFT VORHALTEN, TROTZDEM BEZAHLEN.
PSCHT ...
GEH NICHT IN DIESE BARS IN MONTPARNASSE. DIE SIND AUS ANDEREN KREISEN UND VERSTEHEN NICHT ...
PSCHT ...
ICH HABE EINE INTERESSANTE GRUPPE EXILRUSSEN KENNENGELERNT ...
FOLIES BERGÈRE
1928
LA GRANDE FOLIE
LESLIE
CASINO DE PARIS

* Tango *París* von Alberto López Buchardo.

* *Pariser Novellen I–II,* 1929.

Lieber Pastor Merz

Was Du in Deinem Brief die lesbische Welt nanntest, ist so verpönt, irgendwie habe ich gelernt, dass es den Leuten Sensation bedeutet, heimliches Laster, beschmutzend und entehrend. «Unnatürlich». Weil ich weiss, dass Du nicht so denkst, kann ich Dir sagen, dass ich warme, starke Zuneigung, brennendes Freundschaftsgefühl, alle jungen glühenden Kräfte in mir nie anders als einer Frau gegenüber empfunden habe, und dass ich nur Frauen mit wirklicher Leidenschaft lieben kann. Männern und Jünglingen gegenüber kenne ich Kameradschaft und Vertrauen, nur mit ihnen möchte ich arbeiten, sobald ich aber fühle, dass sie mir als «Frau» entgegenkommen, stossen sie mich ab bis zum Ekel. M das nun schlecht und widernatürlich sein: meine Natur ist es doch. Und wäre ich das, die Anderen natürlich nennen, so müsste ich mich dazu zwingen, und das erst finde verabscheuungswürdig.

WILLIAM ST.
WALL ST.
1929
CRASH!
BLACK TUESDA
NEW YORK, TUESDAY, OCTOBER
THE STOCK MARKET CRASH OF 1929
FREE SOUP

St. Moritz, Palace Hotel. 31. Dezember 1929.
SCHLIMM, WAS GERADE IN NEW YORK PASSIERT.
DIESE LEUTE KÖNNEN NICHT MIT GELD UMGEHEN. HIER WÜRDE DAS NIE PASSIEREN. NEUREICHE, DIE AN DER BÖRSE SPIELEN …
SCHRECKLICHE BILDER. REIHENWEISE MENSCHEN, DIE AUF ESSEN WARTEN. ICH KANN DAS NICHT MIT ANSEHEN!
DAS PROBLEM IST, DASS IHRE FAHRLÄSSIGKEIT AUCH UNS SCHADET.
WEGEN DER DEPRESSION IST DER PREIS FÜR EIN KILO SEIDE VON 50 AUF 35 FRANKEN GEFALLEN. UND ICH FÜRCHTE, DAS IST ERST DER ANFANG.
REG DICH NICHT AUF, RENÉE. WIR BLEIBEN HIER IN DEN BERGEN UND GENIESSEN DEN SCHNEE UND DIE SCHÖNE LANDSCHAFT.
EIN WUNDERBARER TAG HEUTE, NICHT? UND ALL DIESE SCHÖNEN UND GLÜCKLICHEN JUNGEN FRAUEN IN IHREN SKIANZÜGEN. LASS UNS NOCH WEIN BESTELLEN, EMMY!
UFF, IST MIR HEISS!
DU HAST GANZ ROTE WANGEN, GUNDALENA.
DU WARST SCHON IMMER EIN SCHWÄCHLING.
DU WEISST JA, DASS ICH SCHMERZEN BESSER ERTRAGE ALS DU.
AM FEST HEUTE ABEND WIRST DU NICHT DURCHHALTEN.
WIE BITTE? AN NEUJAHR?
ABER WIR GEHEN BEIZEITEN, ODER? ICH WILL MORGEN FRÜH AUFSTEHEN UND SKI FAHREN …
PALACE HOTEL
BANK
WIRD ES WIEDER SO SPÄT WIE HEUTE, BEKOMME ICH SONNENBRAND AUF DEN WANGEN, UND DAS TUT WEH!

Am selben Abend im Palace Hotel.
WILLKOMMEN 1930
* Ain't Misbehavin', Fats Waller.
1930
WILLKOMMEN
COUSIN, SOLCHE FESTE SIND MIR ZU VIEL.
DU BIST ES NICHT MEHR GEWOHNT, IN DER GEHOBENEN GESELLSCHAFT ZU VERKEHREN.
LASST UNS WAS TRINKEN ...
SCHAU, ANNEMARIE, DA IST KARL VOLLMOELLER, DER AUTOR.
SCHENKEN SIE MIR DIESEN TANZ, MADEMOISELLE?
GERNE!
* Am I Blue?, Ethel Waters.
Lone - some To - night,
VOLLMOELLER SCHREIBT EIN DREHBUCH FÜR DEN ERSTEN TONFILM IN EUROPA.
NATÜRLICH IN DEUTSCHLAND ... UND MIT MARLENE DIETRICH.
Do you miss me
GROSSARTIG.
night, Are you

* *Broadway Melody*, Ben Selvin & Jack Park

1930
* Deep Night, Rudy Vallée.
LICHT
FÜNF
VIER
DREI
ZWEI
EINS
TERRASSE
HALLE
DING
558
560
TOCK
TOCK
TOCK
560

1930
Bocken. September.
DAS IST EIN SKANDAL, EIN SKANDAL.
ICH HABE MITLEID MIT EUCH, ALFRED.
WIE ERTRAGT IHR BLOSS IHRE LÜGEN?
ANNEMARIE IST KRANK, VERDORBEN.
SIE IST GEISTESKRANK.
ICH KANN ES MIR NICHT ANDERS ERKLÄREN.
DU HAST RECHT, EMMY.
ICH VERLIERE NICHT SCHNELL DIE FASSUNG, ABER DIESE SITUATION WIRD LANGSAM UNERTRÄGLICH.
GENAU.
ALFRED, BITTE VERLIER JETZT NICHT DIE NERVEN.
SPRICH MIT IHR. ERKLÄR IHR, DASS SIE DEN FALSCHEN WEG EINSCHLÄGT.
OHNE ERLAUBNIS DER ELTERN NACH VENEDIG ZU REISEN, UM DIESES FLITTCHEN ZU TREFFEN.
DIESE ZÜGELLOSE SCHAUSPIELERIN.
UND JÜDIN.
DIE ARME RENÉE IST UNTRÖSTLICH.
WAS IST NUR AUS IHREM ‹ZWERG› GEWORDEN!
DU HAST RECHT, CLARA. ICH REDE MIT IHR.

15. Oktober 1930

Lieber grosser Bruder*

Ich freue mich so, dass ich mich getraut habe, Dir zu schreiben, und
wir uns deshalb in Deinem Haus in München treffen konnten. Für ei
junge, unerfahrene Schriftstellerin wie mich war es ein Privileg, Dic
unter Deinen Leuten, zusammen mit dem Zauberer, kennenzulern
Dein Bruder Klaus … ich habe schnell gemerkt, dass er mein Seeler
wandter ist. Es ist nicht einfach, jemanden zu finden, mit dem ma
gut unterhalten kann. Die Literatur ist ein Gespräch mit sich selb
dies hat sowohl etwas Heilendes als auch etwas Krankhaftes an si
Wie Du ja weisst, sind wir Frauen an der Universität weiterhin in
Unterzahl, und meine Geschwister leben ihr Leben. Freddy wird
ma Schwarzenbach übernehmen, und Hasi studiert Jura. Du si
sere Familien haben andere Ambitionen, obwohl meine beiden
ebenso wie meine Mutter, die Musik lieben. Freddy interessiert s
mehr für Jazz, er spielt Saxophon in einer Band. Sie kamen al
Bocken. Meine Mutter ist glücklich, weil Emmy von «Freddys M
tät» begeistert ist … Ich bin mir aber nicht sicher, ob meine M
modernen Sachen wirklich versteht.
Ich schreibe weiterhin an meiner Dissertation über das Mitt
Oberengadin – diesen Ort, den ich so sehr liebe, wie man nu
ne Frau lieben kann. Wenn die Dissertation fertig ist, werd
lich richtig frei sein und in Berlin mein wahres Leben lebe
können … Deshalb arbeite ich so schnell, wie ich kann, ob
nötig ist, sie so rasch abzuschliessen, meine Kommilitoner
fersüchtig werden, sie sind aber auch nicht so schlau wie

mit mir in Bocken.

Annemarie

* Erika Mann.

Bocken. Wochen später.

ES IST WUNDERSCHÖN HIER, ANNEMARIE. ICH VERSTEHE, WIESO DU MÜHE HAST, DAMIT ZU BRECHEN.
MANCHMAL HASSE ICH ZUTIEFST, WOFÜR ES STEHT. FÜR MEINE MUTTER UND IHRE ABSTOSSENDEN ANSICHTEN.
MIR GEHT ES MIT DEM ‹ZAUBERER›* GENAUSO.
BOCKEN IST FASZINIEREND, RÄTSELHAFT, TRAURIG, FRÖHLICH, ARISTOKRATISCH ... WIE DU.
PERFEKT ZUM WEGLAUFEN UND WIEDER ZURÜCKKEHREN.
WARUM FÄLLT ES UNS SO SCHWER, UNS VON UNSEREN ELTERN ABZULÖSEN, VON DIESER WELT, DIE WIR ABLEHNEN UND DIE UNS ABLEHNT?
* Thomas Mann.
WEIL WIR DIE VERLORENE GENERATION SIND.
IRGENDWANN WIRD MAN UNS VERSTEHEN, ABER NOCH GEBEN DIE ALTEN DIE REGELN VOR.
UND IHR BLUT FLIESST IN UNSEREN ADERN ... WIE GIFT.
HA-HAHA!
MEIN BRUDER IST WIEDER WACH!
SCHLIESS DEINE DISSERTATION AB, DANN AB INS BERLINER NACHTLEBEN, ANNEMARIE.
ICH WERDE EUCH SO VERMISSEN ...
KOMM NACH BERLIN!
DU WIRST DIE SCHÖNSTE, DIE BEGEHRTESTE SEIN.
ICH FAND SIE UNHÖFLICH. SIE HABEN NICHT EINMAL IM GÄSTEBUCH UNTERSCHRIEBEN.
EINE SCHANDE, WIE VIEL GELD DEINE TOCHTER AUSGEGEBEN HAT, UM SIE HERZUBRINGEN. ES IST NICHT MEHR WIE VOR DER KRISE, UND DAS SOLLTE SIE WISSEN.
DAS IST KEINE ÜBERRASCHUNG, ANNEMARIE DENKT IMMER NUR AN SICH.
WIE DEM AUCH SEI, IHR KENNT DIESE EXZENTRISCHE UND ICHBEZOGENE WELT DER KUNST BESSER, RENÉE. MEIN DING SIND SEIDENRAUPEN UND GELD.

Bocken. September.
1931
ANNEMARIE, LÄCHLE DOCH EIN BISSCHEN. DU HAST DEINEN ‹VICTORY› UND FÄHRST NACH BERLIN, DAS WOLLTEST DU DOCH.
NIE BIST DU ZUFRIEDEN.
IM MOMENT LEHNE ICH MICH AN EIN AUTO UND SCHAUE IN DIE KAMERA.
KLICK
Annemarie vor der Abfahrt nach Berlin
IMMER DIESE EILE …
MAGNA CUM LAUDE MIT ERST DREIUNDZWANZIG, ANNEMARIE.
ICH BIN STOLZ AUF DICH, MEIN KIND.
ICH WERDE DICH VERMISSEN, FRITZ!
NUR ZU, KLEINES, DU WIRST GROSSES VOLLBRINGEN.
UND SEI VORSICHTIG MIT DEINEN FREUNDSCHAFTEN, ICH KENNE DIE KUNSTSZENE.
HÖR AUF EMMY, SIE VERSTEHT WAS VON DIESEN DINGEN.

HANNOVER
DÜSSELDORF
ELGIEN
LUXEMBURG
KASSEL
BERLIN
POTSDAM
DESSAU
FRANKFURT
DEUTSCHLAND
LEIPZIG
RANK-
EICH
STUTTGART
BAYREUTH
NÜRNBERG
PRAHA
ZÜRICH
BERN
TSCHECHO-
SLOWAKEI
SCHWEIZ
ÖSTERREICH
WIEN
ITALIEN
JUGOSLAWIEN

Berlin. 1931.
HAUS STEIN
ELDORADO
ELDORADO
ELDORADO
HIER IST'S RICHTIG!

KLING
HERREN
DAMEN
HERREN
DAMEN
HERREN
DAMEN

ANNEMARIE, DAS IST MEINE LIEBE FREUNDIN MARIANNE BRESLAUER.
FOTOGRAFIN UND EHEMALIGE SCHÜLERIN VON MAN RAY.
ENDLICH LERNE ICH SIE KENNEN.
ES KOMMT MIR WIE EIN TRAUM VOR, ICH HABE SCHON SO VIEL VON IHNEN GEHÖRT.
LASS UNS DU SAGEN. EIN DOKTORTITEL MACHT MICH NICHT WICHTIGER.
ICH BIN UND BLEIBE EIN SCHWARZES SCHAF.
SIE WÄRE DER SCHÖNSTE MANN DER WELT, NICHT WAHR?
KLAUS ...
HAHAHA, DAS STIMMT ...
ATTRAKTIVER ALS DIE GARBO.
ICH HABE SIE VOR KURZEM GETROFFEN, UND SIE IST WUNDERSCHÖN, ABER ANNEMARIE IST MEHR ALS DAS.
DU SOLLTEST SIE FOTOGRAFIEREN!
ES WÄRE MIR EINE EHRE.
76

LASS UNS NACH SPANIEN FAHREN, ANNEMARIE. ICH SOLL EINE FOTOREPORTAGE MACHEN.
OH JA, MARIANNE! ICH KANN ARTIKEL SCHREIBEN. DEN REISEBERICHT WIRD EINE SCHWEIZER ZEITSCHRIFT SICHER VERÖFFENTLICHEN ...
KLICK
KLICK
UND ICH KANN DIR DAS FOTOGRAFIEREN BEIBRINGEN.
SCHAU IN DIE KAMERA.
KLICK
KLICK
GEHEN WIR, MARIANNE!

* *All Of Me*, Simons & Marks, 1931.

ERIKA ...
Erika ... ich LIEBE DICH auch
Alle Frauen waren nur ein Teil von DIR
Und keine Einzige hat einen DEINER BLICKE

27. Oktober 1933 · Nr. 43
IX. Jahrgang · Erscheint Fr
Zürcher Illustrierte
Druck und Verlag:
Conzett & Huber
Zürich und Genf
Annemarie Schwarzenbach
unsere Mitarbeiterin, befindet sich zur Zeit auf einer Orientreise, die sie durch die Türkei, Syrien, Palästina, Irak und Persien führen wird. Bilder und Berichte von dieser Expedition werden in der Schweiz nur von der «Zürcher Illustrierten» veröffentlicht werden.
100% SCHWEIZERISCH
Eine neuartige Schweizerwoche-Sondernummer mit dem absonderlichen
Preisrätsel: «Oha lätz, ein fremdes Bild!»

* Aus *Winter in Vorderasien. Tagebuch einer Reise,* 1933/34.

Aleppo, Syrien. 8. Dezember 1933.
KLICK
ICH SCHICKE SYRISCHE SCHAFWOLLE NACH EUROPA. DIESES JAHR HABEN WIR ZUM ERSTEN MAL GROSSE GESCHÄFTE MIT DEN SOWJETS GEMACHT.
AHA.
SIE HABEN VIELE SCHÖNE STOFFE.
JA.
TUCHE AUS DER TÜRKEI, SEIDE AUS JAPAN, BAUMWOLLE AUS ALEXANDRIEN.
UND ...
UND HIER ARBEITEN BEDUINENFRAUEN.

SALIMA!
FATIMA!
TAK TAK TAK TAK
HUST HUST
HUST
HUST HUST
SIE ARBEITEN WIE TIERE.
SIE BRINGEN DAS GELD, WELCHES SIE BEI MIR VERDIENEN, IHREN MÄNNERN.
HUST
TAK
TAK
HUST HUST
TAK
TAK
ES IST EINE UNGESUNDE ARBEIT.
DIE MEISTEN STERBEN MIT FÜNFUNDDREISSIG JAHREN.
TAK
TAK
TAK
TAK

1934
Libanon. 5. Januar 1934. Auf halber Strecke zwischen Tripoli und Latakia.
KLICK
PENG!
BUM!
BUM!
ICH HABE SOEBEN DIE ‹TIMES› DER LETZTEN WOCHE GELESEN … STELLA BENSON IST TOT.
R.I.P. STELLA BENSON
DIED Stella Benson Anderson, 41, British novelist and voyageuse, of pneumonia, in Hongay, Tonking, French Indochina. A suffraget before the war, she aspired to "wit, learning, strangeness, loneliness," went around the world six times in tramp steamers, worked on a Colorado strawberry ranch, did airplane stunting in California, was made to an opera singer, nearly starved in Japan, shot tigers in India and taught school in China, finished a novel ("The Faraway bride") in Nanking during a Canonese bombardment …
EINE DER GROSSEN VERLÄSST UNS, UND ICH FÜHLE MICH EINSAMER.

* Aus *Winter in Vorderasien.*

* Aus *Winter in Vorderasien*

Bagdad. 29. Januar 1934.

Ruinen von Babylon. Archäologische Gruppe von Professor Julius Jordan.
KLICK
KLICK
Route Irak–Persien. Tage später.
FIUUUUUUUUUFIIIISSSSSSSSSSSSSSSSSSSSSSSSSSSSSSSS

ANNEMARIE, BITTE SCHAU, OB UNS DER WAGEN VON PROFESSOR JORDAN FOLGT.
VERFLUCHTER STURM, ICH SEHE NICHTS!
JA, SIE FOLGEN UNS NOCH.
FIUUUUUUUUUU
TÜTI
TÜTI
FIISSSSSSSSSSSSSSSSSSSSSSSSSS
TUUUUUT!
TUUUUUT!
TUUUUT!
CHRRRRRRR

FIIISSSSSSSSSSSSSSSSSSSSSSS
FSSSSSSSSSSSSSSSS
NA GUT.
WER MÖCHTE CREAM CRACKERS MIT KÄSE UND SAND?
JETZT MÜSSEN WIR KRÄFTIG SCHAUFELN, DANN SIND WIR BALD WIEDER UNTERWEGS.
WIR MÜSSEN NUR NOCH DIE SCHAUFELN FINDEN, HAHAHA!

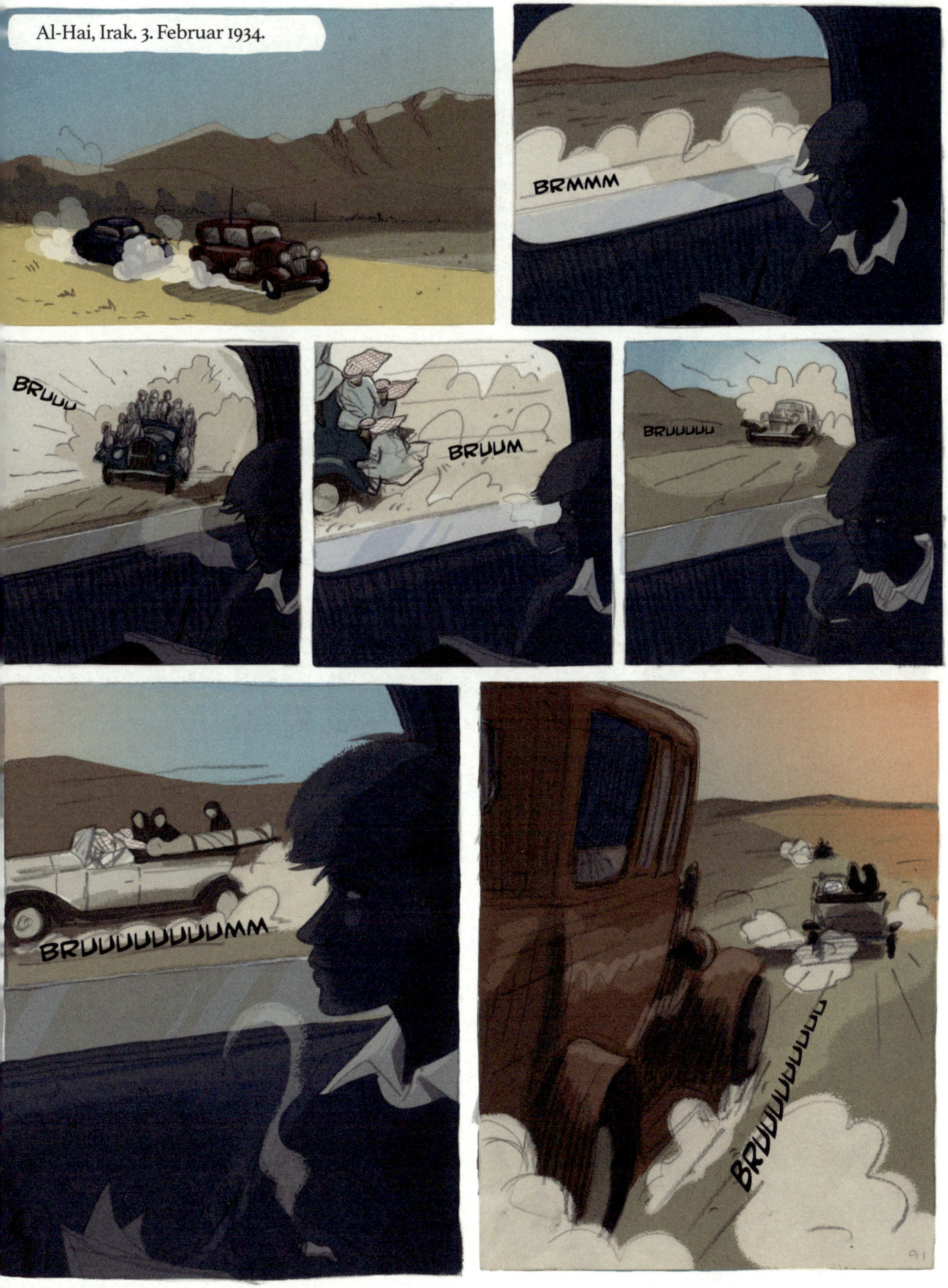
Al-Hai, Irak. 3. Februar 1934.
BRMMM
BRUUU
BRUUM
BRUUUUU
BRUUUUUUUUMM
BRUUUUUUU

* Aus *Winter in Vorderasien*

«7. März 1934»
«TEHERAN!»

Der verödete Engel kommt immer
wieder nach Hause, um sich seinen
Dämonen zu stellen..

Zürich, den
20. November 1934,
10.15 Uhr

Es erscheint vorgeladen:
Erika Julia Hedwig MANN, geschieden von Gustav Gründgens, geb. 9. November 1905 in München, deutsche Staatsangehörige,
Schauspielerin, wohnhaft zzt. Hotel "Glockenhof", Zürich 1,

und erklärt auf Befragen:
Erstmals trat das literarische Cabaret "Pfeffermühle" am 1. Oktober 1933 bis 1. November 1933 im "Hirschen" in Zürich auf. Das
dauerte in der Schweiz bis 7. Dezember 1933. Mit dem zweiten Programm begann die "Pfeffermühle" am 1. Januar 1934 wieder
Diesmal dauerte das Gastspiel bis 15. Februar 1934. Mit dem zweiten Programm haben wir mit Unterbrechungen in der Schweiz
15. April 1934 gastiert. Dann ging die "Pf." nach Holland, wo sie den Sommer über blieb. Ende August kam die "Pf." wieder i
und zwar zunächst in den Tessin. In der Woche spielten wir drei Mal das alte Programm und übten uns im neuen, dem dritte
aufgeführt wird.
[...]
Am 3. November 1934 sind wir nach Zürich gekommen. Hier konnten wir 10 Tage unangefochten spielen. Am 13. November
Ruhestörung. [...] Am 16. November kam es zu den bekannten Demonstrationen. Schon am 13. November 1934 ist mir eine
der Demonstranten aufgefallen. In den ersten Reihen sassen sogenannte feinere Leute, die ohne Ausnahme dem Kreis Schwar
angehörten und teilweise mit diesen verwandt sind. [...] Frl. von Graffenried hat am andern Tag jemand von den Anführern
tion am Tag zuvor angetroffen und ihn gefragt, warum er eigentlich die Vorstellung der "Pf." gestört hätte. Worauf er gean
geschieht der Annamarie ganz recht." Damit ist Annamarie Schwarzenbach, Bocken, gemeint.
Annamarie Schwarzenbach, die ich früher nicht kannte, schrieb mir eines Tages, vor ungefähr 3 oder 4 Jahren mag das gewe
mich kennen lernen möchte. Sie kam dann nach München und besuchte mich. Sie wollte Schriftstellerin werden und legte W
Bruder Klaus und mich über unsere und ihre schriftlichen Arbeiten zu sprechen. Daher verkehrte sie viel im Hause meiner
Mann. Ihre Mutter, Frau Schwarzenbach, Renée, schien auch zunächst gegen diesen Verkehr nichts zu haben, de
zu wohnen. Ich bin gegangen und wohnte einmal zwei Tage und das andere M
Krüger wohnte dort. Frau Schwarzenbach hat
Nationalsozi

* Erster Kongress des sowjetischen Schriftstellerverbandes in Moskau (12.8.1934).

Zürich, den 20. November 1934, 10.15 Uhr

Erika Julia Hedwig MANN, geschieden von Gustav Gründgens, geb. 9. November 1905 in München, deutsche Staatsangehörige, Schauspielerin, wohnhaft zzt. Hotel "Glockenhof", Zürich 1,

und erklärt auf Befragen:
Erstmals trat das literarische Cabaret "Pfeffermühle" am 1. Oktober 1933 bis 1. November 1933 im "Hirschen" in Zürich auf. Das erste Programm dauerte in der Schweiz bis 7. Dezember 1933. Mit dem zweiten Programm begann die "Pfeffermühle" am 1. Januar 1934 wieder im "Hirschen". Diesmal dauerte das Gastspiel bis 15. Februar 1934. Mit dem zweiten Programm haben wir mit Unterbrechungen in der Schweiz bis zum 15. April 1934 gastiert. Dann ging die "Pf." nach Holland, wo sie den Sommer über blieb. Ende August kam die "Pf." wieder in die Schweiz und zwar zunächst in den Tessin. In der Woche spielten wir drei Mal das alte Programm und übten uns im neuen, dem dritten, das jetzt aufgeführt wird.
[…]
Am 3. November 1934 sind wir nach Zürich gekommen. Hier konnten wir 10 Tage unangefochten spielen. Am 13. November 1934 war die Ruhestörung. […] Am 16. November kam es zu den bekannten Demonstrationen. Schon am 13. November 1934 ist mir eine gewisse Teilung der Demonstranten aufgefallen. In den ersten Reihen sassen sogenannte feinere Leute, die ohne Ausnahme dem Kreis Schwarzenbach-Wille angehörten und teilweise mit diesen verwandt sind. […] Frl. von Graffenried hat am andern Tag jemand von den Anführern der Demonstration am Tag zuvor angetroffen und ihn gefragt, warum er eigentlich die Vorstellung der "Pf." gestört hätte. Worauf er geantwortet habe: "Das geschieht der Annamarie ganz recht." Damit ist Annamarie Schwarzenbach, Bocken, gemeint.
Annamarie Schwarzenbach, die ich früher nicht kannte, schrieb mir eines Tages, vor ungefähr 3 oder 4 Jahren mag das gewesen sein, dass sie mich kennen lernen möchte. Sie kam dann nach München und besuchte mich. Sie wollte Schriftstellerin werden und legte Wert darauf meinen Bruder Klaus und mich über unsere und ihre schriftlichen Arbeiten zu sprechen. Daher verkehrte sie viel im Hause meiner Eltern Thomas und Katharina Mann. Ihre Mutter, Frau Schwarzenbach, Renée, schien auch zunächst gegen diesen Verkehr nichts zu haben, denn Mutter Schwarzenbach lud mich zwei Mal ein auf Bocken zu wohnen. Ich bin gegangen und wohnte einmal zwei Tage und das andere Mal eine Woche dort oben. Ich war der Gast der Frau Schwarzenbach. Auch die Sängerin Emmy Krüger wohnte dort. Frau Schwarzenbach hat das Bild von Hitler und von von Papen auf dem Schreibtisch. Frau Schwarzenbach ist leidenschaftliche Anhängerin des deutschen Nationalsozialismus und ist auch aus diesem Grunde sehr unzufrieden mit dem ganzen Leben von Annamarie, die eigentlich bürgerlich eingestellt ist. […] Allmählich fasste Frau Renée Schwarzenbach einen leidenschaftlichen Hass gegen mich. Sie war der Ansicht, dass ich erstens an dem ganzen Leben von Annamarie

DIESE FREUNDE VON DIR ...
UNPATRIOTISCH, ROT UND ...
KRANK?!
IHR ZWEI, IHR SEID DIE KRANKEN!
ALLE WISSEN ES.
NUR WEIL IHR DEN VERDAMMTEN HITLER UNTER-STÜTZT!
IN MEINEM HAUS VERBITTE ICH MIR DIESEN TON.
‹MEIN HAUS›.
DAS IST DEINE BURG.
UND ICH DEIN EPHEBE.

ICH HASSE DICH!!!
CLING
AAAAH!!!
ICH HASSE EUCH BEIDE!!!
CLING
CRASH
AAAAH!!!
CRASH
AAAAH!!!

DU BIST VERRÜCKT!
DAS WARST DU IMMER!
DEINE MUTTER HAT DIR IMMER ALLES DURCH-GEHEN LASSEN.
MEIN HAUS ...
DAS IST NICHT MEHR MEIN HAUS ...
MEINE MUTTER ...

HERRGOTT, ANNEMARIE, BENIMM DICH!
WO BLEIBT DIE EHRE DER FAMILIE?
JETZT ...
... DIESEN HOMOSEXUELLEN DIPLOMATEN.
WAS FÜR EINE SCHANDE!
JETZT WERDE ICH HEIRATEN ...
WAS FÜR EINE FARCE!
MA...
MMMA...
DIESE ERIKA MANN ... ICH WUSSTE, DASS SIE NICHTS ALS UNGLÜCK BRINGEN WÜRDE.
MMM...
MM

Zürich.
30. Dezember 1934.
ICH LIEBE DIE SCHWEIZER NEUTRALITÄT. EINFACH BEWUNDERNSWERT.
TUT MIR LEID, DASS DU DICH BETROFFEN FÜHLST, ANNEMARIE. DEINE FAMILIE ...
MEINE FAMILIE IST DIE GRÖSSTE FARCE, DIE ES GIBT, VIEL GRÖSSER ALS DAS, WAS IHR IN DER ‹PFEFFERMÜHLE› MACHT.
UND DIESER POLIZEIBERICHT ...
ES IST FASZINIEREND, LIEBES ...
DU HÄTTEST DIESES NAZIGRÜPPCHEN MITSAMT DEINEM COUSIN JAMES VOR DEM CABARET SEHEN SOLLEN.
WIR SIND SO ENTARTET!
HITLER WÜRDE UNS NIE AUF EINES SEINER LANGWEILIGEN ABENDESSEN EINLADEN.
WIR STEHEN AUF DER SCHWARZEN LISTE.
OBWOHL DAS DIE ZUKÜNFTIGE EHEFRAU EINES FRANZÖSISCHEN DIPLOMATEN NICHT MEHR KÜMMERN MUSS ...
ERZÄHL, PRINZESSIN, ER IST ATTRAKTIV. IHR GEBT EIN SCHÖNES PAAR AB, SO WIE DU UND ICH.
WAS IST MIT MEINEN ERZÄHLUNGEN, KLAUS?
DEINE BEZAUBERNDEN PERSISCHEN ERZÄHLUNGEN? SCHEINEN ZU POLITISCH ZU SEIN, LIEBES.
ALLES IST ZU POLITISCH.

SOGAR STEFAN ZWEIG MUSS SEINE TEXTE KORRIGIEREN.
ÜBRIGENS HAT ER DEINE ERZÄHLUNGEN AN DEN WIENER VERLAG GESCHICKT.
ZURZEIT IST NUR DEUTSCHE LITERATUR GEFRAGT.
UND IN DER ‹SAMMLUNG›? DU HAST MIR GESAGT, DASS DU VIELLEICHT IN DEINER ZEITSCHRIFT …
HOHEIT, DU BIST EINE DER INVESTORINNEN, UND ICH WEISS NICHT, OB …
ICH BRAUCHE EINE REISE, BRUDER.
GIB MIR ‹THUN›*.
DU BIST GERADE ZURÜCKGEKOMMEN, UND SCHON WILLST DU WIEDER WEG.
IHRE HOHEIT LÄUFT IMMER DAVON, ABER SIE WEISS NICHT, WOHIN.
ICH LAUFE VOR SCHWARZEN LÖCHERN DAVON, ERIKA, ABER DAS WIRST DU NIE VERSTEHEN!
ICH HABE IHRE REISEN SATT, THERESE. ICH KANN NICHT ZULASSEN, DASS SIE SO WEITERMACHEN. SIE WERDEN IHR LEBEN ZERSTÖREN.
SIE SIND FREI, MIT IHREM LEBEN ZU TUN, WAS IMMER SIE WOLLEN.
DAS NENNST DU LEBEN? EHER ZWEI TOTE. ANNEMARIE IST VÖLLIG ABGEMAGERT, UND DANN BIN ICH ES, DIE IHRE AUFTRITTE ERTRAGEN MUSS.
ICH KANN NICHT LÄNGER ZUSCHAUEN, WIE SIE SICH LANGSAM UMBRINGEN.

* Morphium.

ICH BIN LESBISCH UND KRIMINELL!
NOCH EIN GLAS WEIN, HERR OBER!
HAHA-HA!
ICH BIN SCHRIFTSTELLER, SOHN EINES LITERATUR-NOBELPREISTRÄGERS! VERDIENE ICH EIN ARMSELI-GES GLAS WEIN? HAHA!
HA-HAHA!
ICH ERTRAGE ES NICHT, WENN IHR EUCH SO BENEHMT.
SEI STILL, ERIKA, DAS LICHT IST WUNDERBAR, UND MIR IST EGAL, WAS DU DENKST.
ES IST DIR EGAL, WEIL DU MORPHIUMSÜCHTIG BIST.
ICH BIN MORPHIUMSÜCHTIG UND LESBISCH!!!
UND EINE PRINZESSIN.
GLUCK
ANNEMARIE ...
SEI STILL, ICH WILL DAS WEISSE LICHT SEHEN, DAS IM WEISSWEIN REFLEKTIERT.
SO LAUFEN PRINZESSINNEN ALSO VOR SCHWARZEN LÖCHERN DAVON?
UND DU? WANN WILLST DU DICH RETTEN?
DU UNDANKBARE!!!
DIESE MORPHIUMSÜCHTIGE RETTET DIR DEN ARSCH SCHON LANGE!
DAS IST DAS LICHT? DAS IST EINE SCHANDE.
SCHANDE?!
HAST DU SCHANDE GESAGT?!!!
ICH GEHE, ANNEMARIE.

1935
Samaden, Engadin. 3. Januar. Klinik von Dr. Ruppanner.
CHESA DR. RUPPAN
DU SIEHST BESSER AUS, ANNEMARIE. DU WIRST WIEDER MEINE PRINZESSIN.
DANKE, ERIKA, ICH WILL DICH NICHT MEHR ENTTÄUSCHEN.
DU BRAUCHST DIESES VERFLUCHTE ‹THUN› NICHT. DU BIST EINE TOLLE FRAU.
GLAUBST DU DAS WIRKLICH, ERIKA?
DU WEISST ES.
MUAH.
BIN ICH EINE BEZAUBERNDE LESBE UND MORPHIUM-SÜCHTIGE?
DU BIST UND BLEIBST EINE BEZAUBERNDE LESBE. ALLE FRAUEN VEREHREN DICH.
MEIN LIEBES MAMELI! ALSO UNSER TELEFON WAR JA EIN WENIG KNAPP, WIE AUCH DEIN ABSCHIED AM DONNERS-TAG …
Mein liebes Mameli!
Also unser Telefon war ja ein wenig knapp, wie auch Dein Abschied am Donners-
ag - aber ich dachte mir schon, dass es Dir im letzten Augenblick noch einmal
chwer vorkam, dass es ausgerechnet Erika war, die mich dazu überredet hat, mich
richtig zu pflegen und unter die Kontrolle eines Doktors zu begeben! Anderenteils
ist es doch schon lange so, dass unter meinen vielen Freunden sie die Einzige ist,
auf die ich im Ernstfall höre. - Trotz dieser Frontenskandale nach allem Vorgefal-
lenen werde ich Deine Einstellung nicht weniger achten, und ich möchte Dir sagen,
dass es mir schon viel bessergeht. Ich fühle mich jetzt wie neu geboren, weil sie
für die Nacht ein Mittel geben. Wie geht es denn Dir, liebes Mameli? Und
Paps? Grüsse ihn bitte, und sei bitte gar nicht besorgt. Hier ist ja alles a
solche Serbel wie mich eingerichtet.
Ich küsse Dich fest und schicke Dir alles Liebe.
Dein Zwerg
KRATZ
KRATZ

«Die Antwort meiner Eltern war niederschmetternd ...»

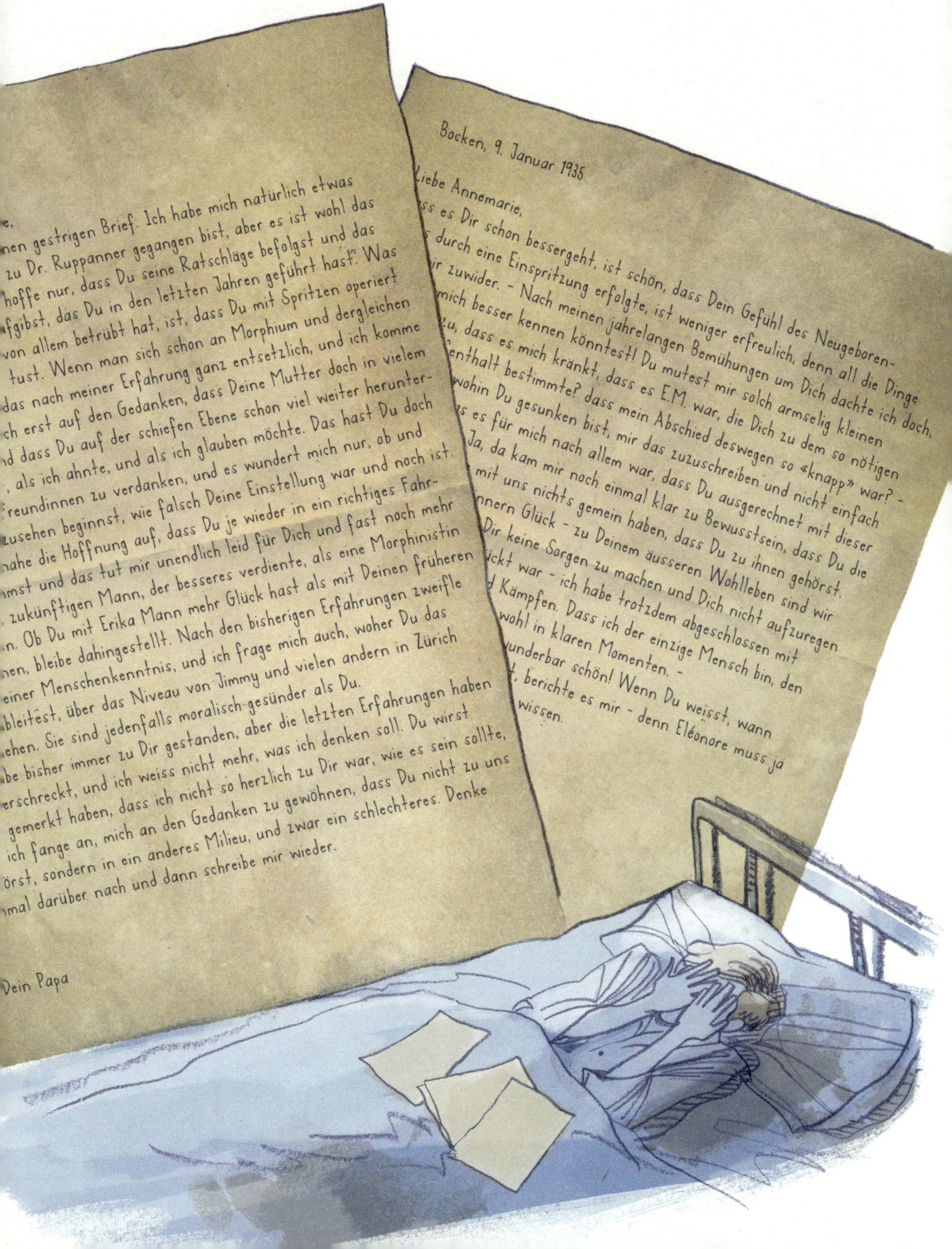

veronal
LIEBE EMMY, DU WIRST NICHT GLAUBEN, WAS PASSIERT IST ...
MEIN GOTT.
ANNEMARIE WOLLTE SICH IN SAMADEN MIT EINER ÜBERDOSIS SCHLAFMITTEL UMBRINGEN.
KRRH!
SIE KONNTEN SIE RETTEN. ICH FAHRE ZU IHR.
KRRH!
VIELLEICHT WAREN WIR ZU STRENG MIT IHR ...
DAS IST NICHT DEINE SCHULD, MEINE LIEBE.
KRRH!
WAS EINE MUTTER ALLES ERTRAGEN MUSS.
KRRH!
MEIN ZWERG ...
MAMELI.
DU SCHEINST GUT GELAUNT ZU SEIN.
JA.
JETZT, WO DU HIER BIST.
MACH DIR KEINE SORGEN.
VERZEIH MIR, ICH HATTE ANGST ... DASS DU MICH NICHT MEHR LIEBHAST.
DAS IST UNMÖGLICH.
DU SIEHST JA.
ICH BIN DA.
MAMELI.
MMM MAA...
RUH DICH AUS.

Persien. April 1935.
IHRE FREUNDIN MARIANNE, DIE FOTO-GRAFIN, HAT DIESES FOTO VON IHR HIER IN DIESEM GARTEN GEMACHT.
EIN SEHR SCHÖNES HOCHZEITSKLEID.
SCHADE, DASS SIE DIESEN FRANZOSEN HEIRATET ... IM IRAN. NA JA.
MEINE KLEINE, IMMER AUF DER FLUCHT.
KLICK

«Mutter, denkt man (wie der Name zum Weinen verhilft!) - ich habe irgend etwas, ganz am Anfang, falsch gemacht. Aber nicht ich war es, sondern das Leben. Alle Wege, welche ich auch ging, welchen ich auch entging, endeten hier ...»
KLICK
KLICK
«... in diesem ‹glücklichen Tal›, von dem es keinen Ausweg mehr gibt ...»
«... und welches desha
schon dem Ort des Tod
ähnlich sein muss.»*
* Aus *Tod in Persien*, 1935
Fermanieh, Teheran. Mai 1935.
SIND SIE GLÜCKLICH, MADAME CLARAC?
GLÜCKLICH ... ICH BIN JETZT DIE FRAU EINES DIPLOMATEN UND KANN MICH AUF DER GANZEN WELT FREI BEWEGEN.
UND DU KANNST OHNE WEITERES ANDEREN FRAUEN NACHSCHAUEN.
OH!
WER IST DAS?
DIE TOCHTER DES TÜRKISCHEN BOTSCHAFTERS, ZWEIFELLOS EINE WUNDERSCHÖNE FRAU.
OHNE FRAGE.
MEINE EHEFRAU HAT EINEN VORZÜGLICHEN GESCHMACK.
NICHT SO SEHR WIE IHR EHEMANN.
ICH GEHE MIT DEN DAMEN PLAUDERN. WELCH EIN HERRLICHER TAG!
ICH HABE EINE SCHÖNE UND KLUGE EHEFRAU. ICH GLAUBE, ICH WURDE UNGERECHT BEHANDELT.
MADAME CLARAC. ABER NENN MICH ANNEMARIE.
JALÉ.
SEHR ERFREUT.
WIR HABEN FÜR DIESES PICKNICK ZWEIFELLOS EINEN SCHÖNEN TAG AUSGESUCHT.
JA, EINEN BEZAUBERNDEN TAG.
WIR HABEN GLÜCK.

* Aus *Tod in Persien.*

* Aus *Tod in Persien.*

Lahr-Tal, in der Nähe von Teheran. Vier Monate später.
BRUMM
BRUMM
BONJOUR, MONSIEUR CLARAC!
BONJOUR, PROFESSEUR!
WIE LÄUFT DIE ARBEIT?
AH, HERVORRAGEND! WIR HABEN ESSENSRESTE AN EINEM DER FUNDORTE ENTDECKT.
MEIN LIEBER GATTE!
ANNEMARIE!
MUAH
SCHATZ, DAS IST MEINE AMERIKANISCHE FREUNDIN, DIE FOTOGRAFIN. SIE IST VOR EIN PAAR TAGEN ANGEKOMMEN UND MÖCHTE DAS ALTE PERSIEN FOTOGRAFIEREN.
SEHR ERFREUT. ICH BIN BARBARA.
Barbara Hamilton-Wright, meine neue Abenteuergefährtin ...

Sils, Engadin. Ende 1935.
WELCH EIN WUNDERBARES HAUS, HOHEIT!
DEIN ERSTES EIGENES HAUS!
DIESES JÄGERHAUS WIRD MEIN ZUFLUCHTSORT UND DER TREFFPUNKT FÜR MEINE FREUNDE SEIN.
UND SCHAUT, DER SEE UND DER PIZ DA LA MARGNA GLEICH DA VORNE ...
ICH HAB ENTZIEHUNGS-KUREN SATT.
MÜDE UND GELANGWEILT.
SAG SO WAS NICHT.
ICH HABE GERADE WIEDER EINE HINTER MIR, IN DER KLINIK PRANGINS.
ABER DEINE KUR IST JETZT BARBARA HAMILTON-WRIGHT, STIMMT'S, LIEBSTE?
HAHAHA, DAS IST VIEL EFFIZIENTER UND AUFREGENDER. SIE HAT ES GESCHAFFT, DASS ICH PERSIEN WIEDER MAG.
NIE WIEDER WILL ICH IN EINE KLINIK ZURÜCK. DORT DÖST DU MONATELANG IM BETT ODER AUF DEM BALKON. WECHSELST EIN PAAR DROGEN GEGEN ANDERE AUS.
WAS IST DER UNTERSCHIED ZWISCHEN VERONAL UND MORPHIUM BEIDE KÖNNEN DICH UM-BRINGEN UND DIR EIN GUTE GEFÜHL VERSCHAFFEN.
MORPHIUM VERDIRBT EUCH DAS BLUT, VOR ALLEM WENN IHR ES MIT ALKOHOL MISCHT.
DAS BLUT! WAS FÜR EIN UNSINN, SCHWESTER.
WEN INTERESSIERT'S, WAS INS BLUT EINER FRAU GELANGT? MEINE MUTTER STARB BEI MEINER GEBURT FAST DURCH BLUTVERLUST. HAT MAN IHR DESWEGEN DIE LEVITEN GELESEN? NICHT DOCH ... SIE WAR SO TAPFER.
UND JETZT HAT IHR KIND VERDORBENES BLUT.

IST ES DEINE MUTTER, DER DU SCHADEN WILLST?
STOSSEN WIR AUF DAS JAHR 1936 UND AUF UNSERE NÄCHSTE REISE NACH MALLORCA AN!
ICH LIEBE DEIN JÄGERHAUS.
ICH LIEBE DIESEN ORT! ICH WILL AN DIESEM SEE STERBEN UND MEINE LETZTEN TAGE HIER VERBRINGEN!
ICH KOMME MIT. DANN SIND WIR ZWEI ALTE, DIE ÜBER DEN VEREISTEN SEE GLEITEN.
DENK NICHT DARAN! HAHAHA.
HA-HAHA-HA.
DIE WELT GEHT ZUGRUNDE, UND IHR HÖRT NICHT AUF ZU LACHEN.
DIE WELT GEHT ZUGRUNDE, UND ICH SOLL AN MEIN BLUT DENKEN, ERIKA?
NICHTS IST MEHR WICHTIG, WIR SIND EINE GENERATION VON LEBENDIGEN TOTEN. WENIGSTENS KÖNNEN WIR NOCH LACHEN.
ICH BIN ES SATT, DIE LAST ZU TRAGEN, DIE MIR VON ANDEREN AUFERLEGT WURDE.
JETZT IST ES SPANIEN, SPÄTER EUROPA. DU GLAUBST, DASS UNS NICHTS WICHTIG IST, ERIKA, ABER DAS PROBLEM IST, DASS UNS ALLES ZU WICHTIG IST.
WAS, ANNEMARIE? SPANIEN, EUROPA, DU ...
SPANIEN, EUROPA, ICH, UND DU AUCH, ERIKA, DU AUCH ...

* Aus *New York ist nicht Amerika*, 193

Roy Stryker war ein amerikanischer Ökonom und Fotograf. Er leitete die Informationsabteilung bei der arm Security Administration (FSA) während der Grossen Depression der Vereinigten Staaten und war mit orothea Lange einer der Förderer der Dokumentarfotografie innerhalb der FSA.

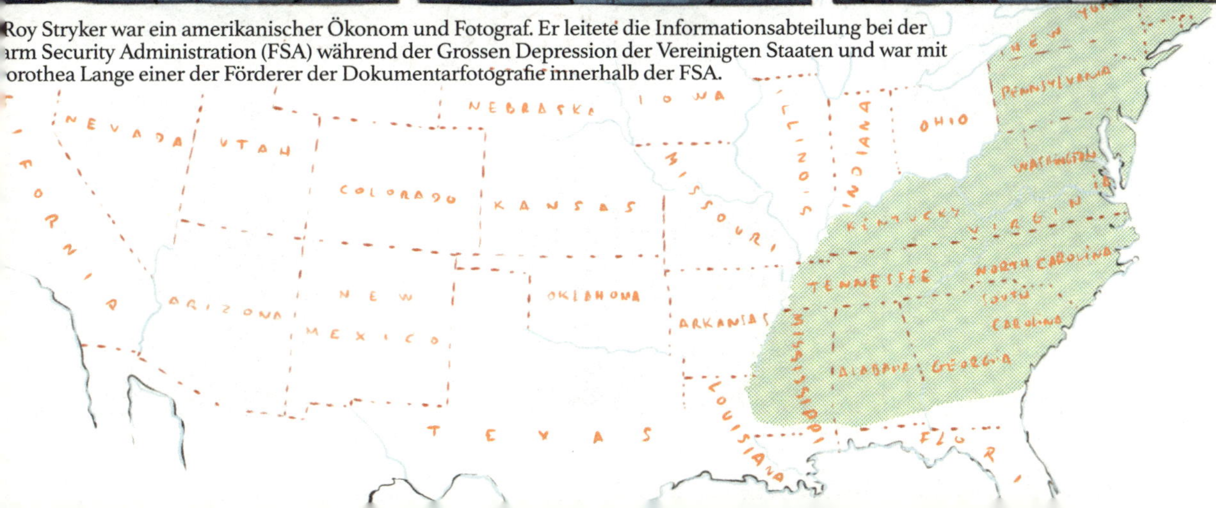

«Der General-Motors-Streik war in vollem Gange. Ich hatte mich in Washington über die Objekte des Kampfes und der ganzen amerikanischen Labor-Bewegung orientieren können.»
INFORMATION WINDOW MAKE CALLS HERE
100 SIT DOWN STRIKE
G-M STOOL
«... es ging nicht um Lohnerhöhungen, sondern um prinzipielle Forderungen von ungeheurer Tragweite.»
UAW ON STRIKE FOR JUSTICE
«Schlagworte wie ‹Industrie-Gewerkschaft› waren mir ebenso geläufig wie der Begriff des ‹Kollektiven Verhandelns›.»
WEEK 18
«Ich fuhr mitten in das Kampfgebiet.»
Knoxville, Tennessee. Januar 1937.
ENTSCHULDIGEN SIE BITTE.
SIND SIE ORGANISIERT?
NEIN, ICH BIN FÜR DIE FREIHEIT.
ICH LASSE MICH NICHT MIT EINEM DRECKIGEN SLOWAKEN ODER NIGGER ZUSAMMEN ORGANISIEREN.
UND JEDEN, DER MIR DIE STELLE WEGNEHMEN WILL, SCHLAGE ICH KNOCKOUT.

DAMAGED LIVES
DA SIEHT MAN, WELCHE VORSTELLUNG VON FREIHEIT GEWISSE AMERIKANER HABEN.
DENK DARAN, DASS ES EIN ZEITUNGSBOTE ZU EINEM GROSSEN UNTERNEHMER BRINGEN KANN.
JA, DIE MÖGLICH-KEITEN SIND UNBEGRENZT, WENN ES KEIN SOZIALES BEWUSSTSEIN GIBT.
DER OPTIMISMUS UND DIE MÖGLICHKEITEN SIND BEGRENZT, WENN ES KEIN SOZIALES BEWUSSTSEIN GIBT.
INDUSTRIEN, DIE AUF GEFANGENSCHAFT, SKLAVEREI, AUS-BEUTUNG AUFBAUEN.
DARÜBER MÜSSEN WIR BERICHTEN, BAA.
BAA.
ICH SCHÄME MICH FÜR DAS, WAS ICH BIN.
ANNEMARIE.
DU BIST ALL DAS, WAS DU GERADE GESAGT HAST. FÜR DEINE HERKUNFT KANNST DU NICHTS - EBENSO WENIG WIE SIE.
ICH WERDE DARÜBER SCHREIBEN. ICH BIN NICHT DIE TEXTILFABRIK MEINER FAMILIE.
GENAU DAFÜR SIND WIR HERGEKOMMEN.
Ohio.
KLICK

HABEN SIE MICH SOEBEN FOTOGRAFIERT?
JA, ICH HABE EIN BILD GEMACHT.
DAS NÄCHSTE MAL KÖNNTE IHRE KAMERA LEICHT ZERBRECHEN.
GRRR...
Scotts Run, West Virginia.
SCHAU, DIE DA DRÜBEN. GEHEN WIR KURZ HIN.
WAS IST LOS? HABT IHR ALLE KEINE ARBEIT?
DIE COMPANY HAT BANKROTT GEMACHT.
UND WOVON LEBT IHR?
VON KAUGUMMI UND VON QUÄKERSUPPE.
WIR DACHTEN, MAN SEHE ES UNS AN!
HAHA-HA!
HAHA-HA!

«In Alabama sind 26 Prozent der Neger Analphabeten … und zwei von fünf Einwohnern Neger, in Mississippi gibt es über 50 Prozent, in South Carolina fast 50 Prozent.»

«‹Der Bürgerkrieg ist an allem schuld› – damit trösten sich heute noch die Aristokraten des Baumwollgürtels, damit rechtfertigen sie den Zustand hoffnungsloser Degeneration, in dem sich ihr Land und seine Bevölkerung befinden. … ‹Der Krieg›, so wollte es die Legende, ‹hatte die Aufhebung der Sklaverei zur Folge, der Norden hat die Pflanzerstaaten des Südens ihres Betriebskapitals beraubt und hat damit das Baumwollsystem, seine eigentliche Reichtumsquelle, ruiniert.›»

«Je mehr Neger, um so mehr Lynchmorde an Negern, um so mehr Macht dem Ku-Klux-Klan, der mit terroristischen Methoden die Schwarzen in Schrecken und Abhängigkeit hält.»

«Aber das Land hat in diesem Rassenkampf einen teuren Preis bezahlt. Nicht nur die Neger wurden besiegt – zu ihnen gesellten sich, bald nach dem Bürgerkrieg, Weisse, Angelsachsen, die als Baumwollproletariat den gleichen Pachtvertrag des ‹Sharecropping› eingehen mussten und, in den Schlingen dieses Systems gefangen, auf die Stufe des Negers sanken. Die ‹armen Weissen›, der ‹weisse Abschaum› – sie sind arm, unselbständig, ungebildet und verseucht. Sie verüben die Lynchmorde, angeführt von Sheriffs, geschützt vom ‹System› und von der Polizei. Sie werden ausgespielt gegen den Neger, der Neger gegen sie, in diesem ‹Rassenkampf›, der in Wahrheit längst ein Kampf der Klassen geworden ist.»*

* Aus *Dixie Line – der Weg des amerikanischen Südens*, 1938.

DIE FAMILIE MANN WANDERT NACH AMERIKA AUS. ICH HABE EIN TELEGRAMM VON KLAUS ERHALTEN. DIE NAZIS SIND UNERBITTLICH MIT DEN JUDEN IN EUROPA.
MY GOD! DIE ARMEN.
SOBALD WIR IN PRINCETON SIND, WERDE ICH HERRN MANN BESUCHEN. ER IST VOR EIN PAAR MONATEN ANGEKOMMEN.
BARBARA ...
ICH BIN SEHR GLÜCKLICH MIT DIR.
Universität Princeton. Februar.
1938
ICH WEISS, SIE BETRACHTEN MICH ALS VERÖDETEN ENGEL.
DAS SIND DOCH ALLE HEUTZUTAGE, DIE HALBWEGS SENSIBEL SIND.
ICH BIN UM DIE GANZE WELT GEREIST UND HABE NUR ARMUT UND TOD GESEHEN.
ES GIBT AUCH SCHÖNES, ANNEMARIE.
JA, UND DAS MACHT ES NUR NOCH MAKABRER.
AUF ALLEN KONTINENTEN HABEN MICH BETTELARME KINDER UM ALMOSEN GEBETEN.
UND IN EUROPA BALD DAS ELEND DES KRIEGES.
ICH WAR IN ÖSTERREICH, UND DAS KLIMA IST VERGIFTET.
VIELE MENSCHEN MÜSSEN IN DEN UNTERGRUND UND BALD IHR LAND VERLASSEN, SO WIE SIE.
SOGAR DAS ATMEN SCHMERZT, HERR MANN.
ICH KANN NUR NOCH MEIN TESTAMENT AUFSETZEN.
DEIN ARTIKEL ‹DAS DRAMA DER AMERIKANISCHEN SÜDSTAATEN› IST GROSSARTIG! WIR WERDEN IHN IN ‹MASS UND WERT› VERÖFFENTLICHEN.
DAS IST PHANTASTISCH!
TROTZDEM WERDE ICH MEIN TESTAMENT VERFASSEN.

Plaza Hotel, New York. Ende Februar 1938.
LIEBE MISS SCHWARZENBACH.
CLARAC.
SIE SIND IN DIE SÜDSTAATEN GEREIST UND NICHT NACH PALM BEACH ODER AN DIE SCHÖNE KÜSTE FLORIDAS, WO SICH DIE JUGEND VERGNÜGT?
WAS HABEN SIE DORT UNTEN GESUCHT?
ICH WOLLTE SEHEN, WIE DIE LEUTE LEBEN, DIE ARBEITER, DIE SCHWARZEN, JENE, DIE DIE BAUMWOLLE PFLÜCKEN.
AH, ALSO BESTÄTIGEN SIE, DASS ES IN AMERIKA ARMUT GIBT?
WIR HABEN DEN EINDRUCK, DASS WIR IN EINEM LAND LEBEN, IN DEM MENSCHEN, DIE ARBEITEN UND GUTEN WILLENS SIND, GELD VERDIENEN UND SOGAR REICH WERDEN KÖNNEN.
NUR IN RUSSLAND HABE ICH EIN DERARTIGES ELEND GESEHEN.
SICHER, MEINE LIEBE, DAMIT KÖNNTEN SIE RECHT HABEN.
ALS ICH HEUTE IN DER FIFTH AVENUE EINKAUFEN GING, SAH ICH EINE ARME FRAU, DIE ZERRISSENE KLEIDER UND KAPUTTE STRÜMPFE TRUG.
OH, SICHER EINE MORPHIUMSÜCHTIGE.
MM-HMMM.

1939
Im Hafen von Trabzon, Türkei. Juni.
MEIN HERR, WOHER KOMMEN SIE?
HA! DIE GLAUBEN, ICH SEI EIN MANN!
ERINNERE DICH AN DEIN VERSPRECHEN, ANNEMARIE.
ELLA, ICH BIN SAUBER. ICH WAR DIESES JAHR IN ZWEI KLINIKEN …
ICH MEINE ES ERNST. WENN DU IRGENDEINE SUBSTANZ NIMMST, DANN WERDE ICH UNSERE GEMEINSAME REISE BEENDEN, VERSTANDEN?
VERSTANDEN.
«Ich muss die Arbeit wiederaufnehmen, mich zur Disziplin zwingen, streng mit mir selbst sein … Ich bin entschlossen, diese Karriere des Reisens, des Forschens, des Journalismus und des Schreibens zu verfolgen. Ich tauche in die Welt ein. Sehe, lerne, verstehe.»
DIE REISEAPOTHEKE IST VOLLSTÄNDIG. NICHTS KAPUTT.
UND DIE BEIDEN SCHREIBMASCHINEN, DIE FOTOAPPARATE, DIE KAMERAS, DIE ROLLEN, DIE FILME …
Ella Maillart war eine Schweizer Schriftstellerin und Fotografin und begleitete Annemarie auf ihrer Reise nach Kabul. Später erscheint Annemarie unter dem Namen Christina in ihrem Reisebericht *La voie cruelle*.

PLOWDIW
EDIRNE
ISTANBUL
SCHWARZES MEER
UDSSR
KAUKASUS
GEORGIEN
TÜRKEI
TRABZON
ERZURUM
ARMENIEN
ARARAT
BAYAZID
MAKU
TÄBRIS
KASPISCHES MEER
UDSSR
USBEKISTAN
TURKMENISTAN
PAMIR
SYRIEN
MITTELMEER
ELBURS
TEHERAN
DEMAWEND
GONBAD-E QABUS
MASCHHAD
IRAN
BALA MURGHAB
HERAT
ANDCHOI
QAISAR
BALCH
MASAR-E SCHARIF
TADSCHIKISTAN
HINDU-KUSCH
BAMIYAN
KABUL
POL-E CHOMRI
BAGRAM
AFGHANISTAN
BRIT
IN
PESCHAW

«… kahle, wasserlose, offene Ebene, Lastwagen und Autobusse hatten die verschlungene Wegspur unterhöhlt …»*
* Aus *Alle Wege sind offen*, 1939.
Iran, kurdisches Zeltlager.
HEUTE HABE ICH VON ISTANBUL GETRÄUMT.
WAS FÜR EINE SCHÖNE STADT.

«Alles spiegelte sich wie in einer glänzenden Schwertscheide, die weissen, von Menschen wimmelnden Brücken, die leise schaukelnden Dampfer, die Möwen, und schliesslich die in goldener Dämmerung vereinsamte, in Oliven und Ölhainen fussende Stadtmauer.»
«... und nichts hätte mich gehindert, am Fenster sitzen zu bleiben und teilnahmslos täglich hinunterzuschauen, bis zum Abend.»
GLAUBST DU, DASS TRÄUME ETWAS BEDEUTEN?
NEIN, DAS GLAUBE ICH NICHT.
ABER ICH HABE EINMAL EINE TÜRKIN GELIEBT.
SIE IST GE-STORBEN.
WIESO IST SIE GESTORBEN?
SIE WAR KRANK. UNHEILBAR.
UND WIR WUSSTEN BEIDE, DASS SIE WEIT WEG VON MIR STERBEN WÜRDE.
WAS WIRD DIE FRAU, DIE MICH GELIEBT HAT, TRÄUMEN, WENN ICH STERBE?
TRÄUM LIEBER WEITER.
NIMM.

ES TUT MIR LEID, ELLA.
ES TUT MIR LEID.
ICH KONNTE MEIN WORT NICHT HALTEN.
SCHAU, WIE WEISS ALLES VON DER TERRASSE DES SCHLOSSES AUS IST.
DAS MONDTAL, EWIGER SCHNEE, WALLENDE WOLKENFAHNEN, QUALMENDE RUINEN ARMENISCHER KIRCHEN.
DIE DAMPFWALZE IST EIN WEISSER PFEIL. DAS AUSGETROCKNETE, RISSIGE BETT DER SINTFLUT. DAS GEZÄHMTE BABYLONISCHE LÖWENPAAR AN ALTERSSCHWÄCHE EINGEGANGEN.
DER KLEINE FALKE, DER DEN GRAUEN TAUBEN DEN TODESSTOSS VERSETZT HAT.
IM HERBST WURDE DIE GEGEND VON EINEM GROSSEN ERDBEBEN HEIMGESUCHT. DA WAR SCHON KRIEG IN EUROPA.
VON HAGELNDEN STEINTRÜMMERN ERSCHLAGEN AUCH DAS KIND, DAS MIR SO BEHARRLICH, ABER IN EINIGEM ABSTAND DURCH DIE GASSEN GEFOLGT IST.
SO SIND WIR, WIR ERFREUEN UNS AN PERLEN, MEERESBLAU, EINER FRIEDENSSTUNDE TROTZ BRAUSENDER BRÄNDE, SEHEN ÜBER TRÜMMERFELDER HINWEG.

FSSSS
EIN PAAR WORTE FÜR UNSER PUBLIKUM?
EIN FORD.
EIN FORD MIT 18 PS.
EINE WUNDERBARE MASCHINE, SYMBOL DES FORTSCHRITTS UND DES AMERIKANISCHEN TRAUMS, DER MASSENPRODUKTION UND DER STREIKS, DES KLASSENKAMPFS UND DER RIESIGEN REICHTÜMER, DIE DEN STOLZ DER TECHNIK UND DEN TRIUMPH DES MENSCHLICHEN VERSTANDS REPRÄSENTIEREN …
AUFGESCHMISSEN INMITTEN DER IRANISCHEN WÜSTE!
AARGH!
HA-HAHA!
HAHA-HA!
Masanderan. Juli 1939.
Gonbad-e Qabus.

Grenze zwischen Iran und Afghanistan. Ende Juli 1939.
SIE HABEN KEINE BÖSEN ABSICHTEN.
SIE HABEN KEINE BÖSEN ABSICHTEN.
SIE HABEN KEINE BÖSEN ABSICHTEN.
HALT!!!
ماشالله !
MASCHALLAH, MASCHALLAH!

* *Chanum* bedeutet «Frau höheren Ranges» auf Farsi.

Bei Masar-e Scharif.
ICH FÜHLE MICH UNWOHL ...
DU HAST KEIN FIEBER, ABER SIEHST SCHLECHT AUS, ANNEMARIE.
WARTE, ICH GEHE FRAGEN.
SALAM, ENTSCHULDIGEN SIE, KÖNNTEN SIE UNS EIN BISSCHEN TEE GEBEN?
SCHAU, ELLA.
HIER BEDEUTET GELD NICHT VIEL, GASTFREUNDSCHAFT IST ALLES.
KOMAK* ... HUST, HUST!
ES IST BESSER MIT TEE, ODER?
OH!
HUST, HUST ...
WAS GEBEN WIR IHNEN, ASPIRIN UND EINE SALBE?
ÄHM ... ELLA ...
ES KOMMEN NOCH MEHR KRANKE ...
KOMAK.
KOMAK.


* «Hilfe» auf Da

Hindukusch.
«Und wir fragten den Gouverneur: ‹Wird hier bald die Strasse ausgebaut werden? - Werdet Ihr Schulen bauen, und Spitäler, - und die Frauen befreien, und das Volk aufklären, und dem Fortschritt die Türe öffnen?›»
KEINE SCHULEN UND SPITÄLER OHNE FABRIKEN, KEINE FABRIKEN OHNE PROLETARIAT, KEIN PROLETARIAT OHNE AUSBEUTUNG, KEINE AUSBEUTUNG OHNE KLASSENHASS.
UND AUF DEN STRASSEN, DIE MAN DEM FORTSCHRITT ÖFFNET, ROLLEN EINES TAGES DIE KRIEGSMASCHINEN.
Kabul. 28. August 1939.
DIE DEUTSCHEN SIND IM BEGRIFF, MIT DEN RUSSEN EINEN VERTRAG ABZUSCHLIESSEN.
WIR WERDEN VON NEUIGKEITEN ÜBERSCHÜTTET WIE VON FALLENDEN BLÄTTERN DES ERSTEN HERBSTSTURMS.
ELLA ... DIESE REISE IST FÜR MICH EINE HARTE PRÜFUNG ...
DEIN SCHICKSAL LIEGT IN GOTTES HÄNDEN. SCHLIESSLICH SIND ES WEDER HITLER NOCH CHAMBERLAIN, NOCH STALIN, DIE ÜBER DAS SCHICKSAL DER WELT ENTSCHEIDEN.
ERIKA WÜRDE DAS GEGENTEIL BEHAUPTEN ...
SIE WÜRDE SAGEN ... ‹GOTT DENKT UND HITLER LENKT› ...

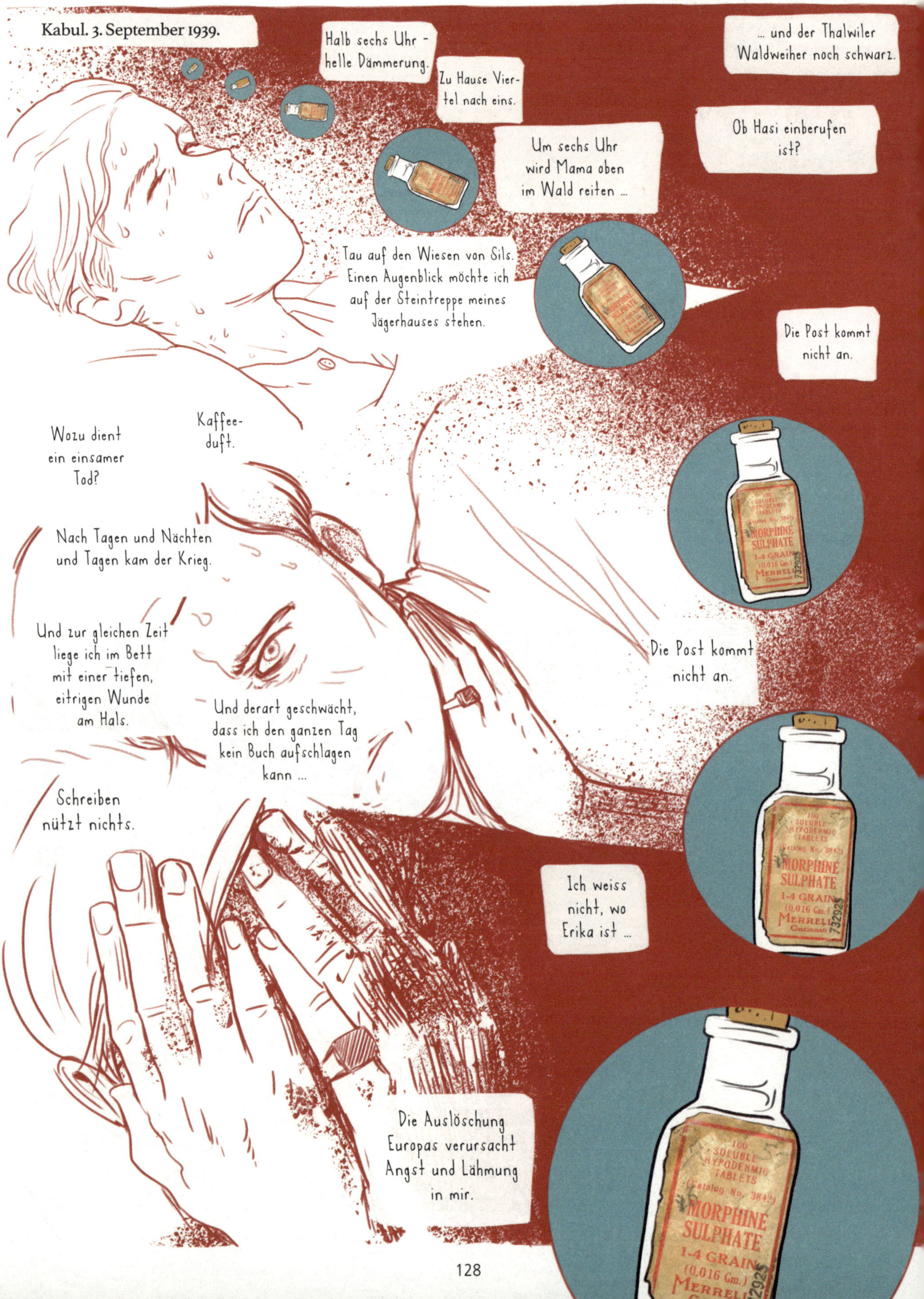
Kabul. 3. September 1939.
Halb sechs Uhr – helle Dämmerung.
Zu Hause Viertel nach eins.
Um sechs Uhr wird Mama oben im Wald reiten …
… und der Thalwiler Waldweiher noch schwarz.
Ob Hasi einberufen ist?
Tau auf den Wiesen von Sils. Einen Augenblick möchte ich auf der Steintreppe meines Jägerhauses stehen.
Die Post kommt nicht an.
Kaffeeduft.
Wozu dient ein einsamer Tod?
Nach Tagen und Nächten und Tagen kam der Krieg.
Und zur gleichen Zeit liege ich im Bett mit einer tiefen, eitrigen Wunde am Hals.
Und derart geschwächt, dass ich den ganzen Tag kein Buch aufschlagen kann …
Die Post kommt nicht an.
Schreiben nützt nichts.
Ich weiss nicht, wo Erika ist …
Die Auslöschung Europas verursacht Angst und Lähmung in mir.
MORPHINE SULPHATE
1-4 GRAIN
MERRELL

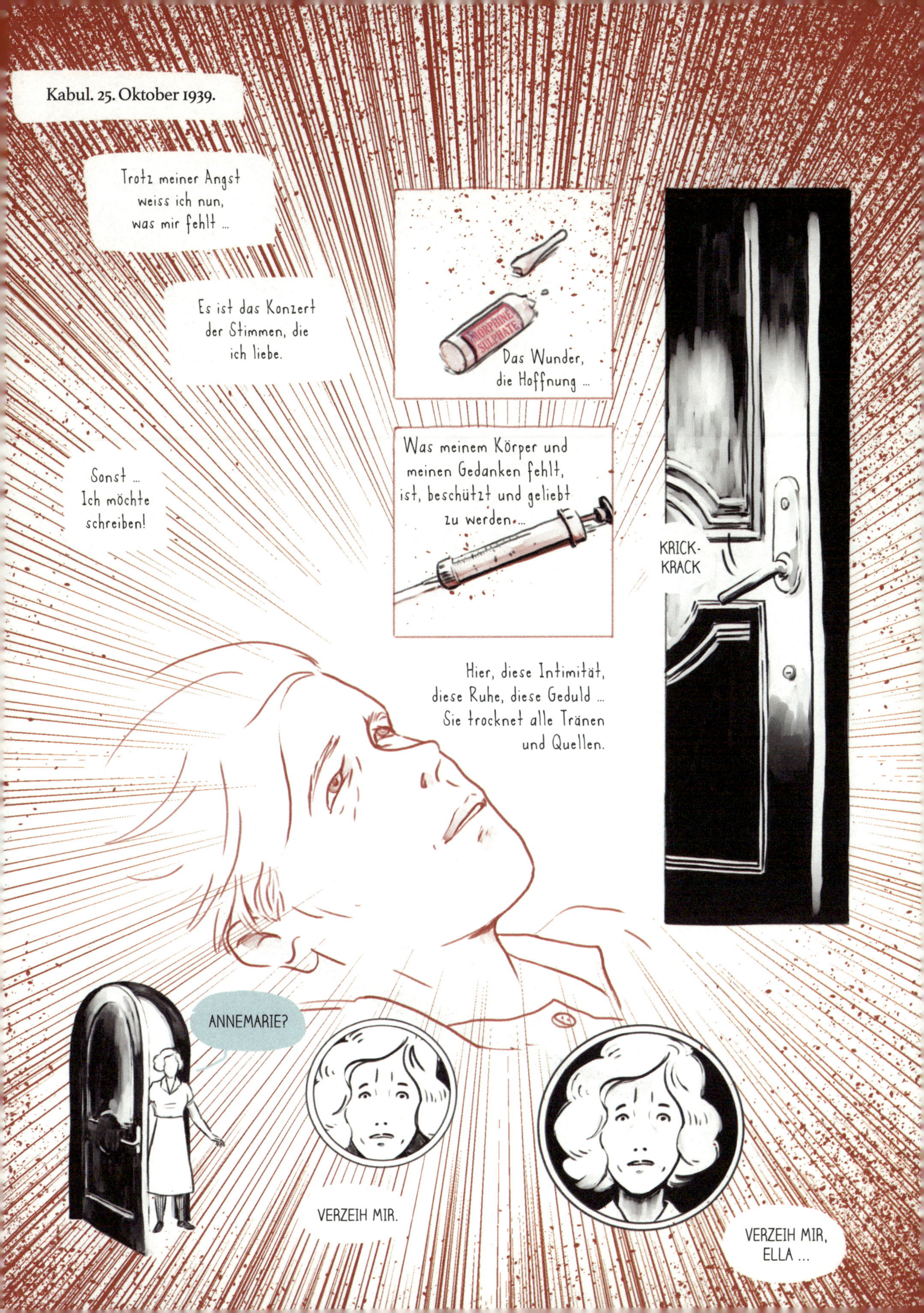

Kabul. 25. Oktober 1939.
Trotz meiner Angst weiss ich nun, was mir fehlt ...
Es ist das Konzert der Stimmen, die ich liebe.
Sonst ... Ich möchte schreiben!
MORPHINE SULPHATE
Das Wunder, die Hoffnung ...
Was meinem Körper und meinen Gedanken fehlt, ist, beschützt und geliebt zu werden ...
KRICK-KRACK
Hier, diese Intimität, diese Ruhe, diese Geduld ... Sie trocknet alle Tränen und Quellen.
ANNEMARIE?
VERZEIH MIR.
VERZEIH MIR, ELLA ...

New York. Mai.
1940

HOTEL Bedford
ANNEMARIE, HOHEIT!
MARGOT!
WILLKOMMEN!
ERIKA!
KLAUS, LIEBER!
ES IST SCHON SO LANGE HER. ÜBER EIN JAHR!
FÜR MICH EINEN CANADIAN CLUB, BITTE, ON THE ROCKS.
UND DEINE REISEN, HOHEIT?
WELCHE GENAU?
SO GESCHMACKLOS, ERIKA, WIR HABEN HIER EINE FRAU VON WELT, ABER DU LÄSST SIE IHRE ABENTEUER NICHT ERZÄHLEN.
HOFFENTLICH ERINNERT SIE SICH DARAN.
ES IST EINFACHER, JEDEN ABEND DAS GLEICHE AUFZUSAGEN. SO BRINGT MAN NICHTS DURCHEINANDER.
UND VERGISST NICHTS.

Insel Nantucket, Massachusetts. Zwei Monate später.

SCHATZ, LASS UNS UMZIEHEN.
ICH ERSTICKE AUF DIESER INSEL.
SCHON WIEDER!
WIR SIND HIER, WEIL DU IN LOWELL ERSTICKT BIST. ICH ZIEHE NICHT AUF DEN ARARAT.
DAILY NEWS
SURRENDER OR DIE, HITLER TELLS BRITAIN
GEHEN WIR NACH NEW YORK.
WIR GEHEN NACH NEW YORK, WANN IMMER DU WILLST. WILLST DU ETWA NÄHER BEI CARSON SEIN?
CARSON McCULLERS IST EINE TOLLE SCHRIFTSTELLERIN. ICH REDE GERN MIT IHR.
SIE WILL MEHR VON DIR.
DU WEISST, DASS ICH NICHT AN IHR INTERESSIERT BIN.
DU INTERESSIERST DICH NUR NOCH FÜR PILLEN UND ALKOHOL.
DIE WELT GEHT UNTER UND WIR HIER. AUF DIESER VERFLUCHTEN INSEL, WIE ZWEI ALTE.
RASCHEL!
ICH GEH AUF TOILETTE.
NEIN, LIEBSTE, BITTE HÖR DAMIT AUF!
SCHAU MICH DOCH AN!
SCHUMANN!
BUHUUUUU!
PROSIT.
UND JETZT GÖNN ICH MIR EINEN SCHUSS ‹THUN›.
UND DU, ZIEH DIR WAS ANSTÄNDIGES AN, MARGOT. WIR GEHEN NACH NEW YORK.
BUHUUUUU!

PHANTASTISCH, WAS DU ÜBER MEIN WERK GESCHRIEBEN HAST.
ICH VERDIENE KEIN SOLCHES LOB VON JEMANDEM, DER SO SCHÖN UND INTELLIGENT IST WIE DU.
Hotel Pierre, New York. September 1940.
DEINE LITERATUR IST GROSSARTIG. ICH BIN DIEJENIGE, DIE DAS GLÜCK HAT, HIER BEI DIR ZU SEIN.
UNN ISCH, WELSCHES GLÜCK HAB ISCH? HICKS!
BITTE, MARGOT, SEI NICHT KINDISCH. AUSSERDEM BIST DU BESOFFEN.
GEHNWERHEIM, ANNEMARHICKS!
ISCH BIN MÜD UNN WILL NASCH HAUSS.
HALT DIE KLAPPE, WIR SIND GERADE GEKOMMEN.
LASS MAL, ANNEMARIE, SIE IST EIFERSÜCHTIG.
GEH DOCH, NIEMAND HÄLT DICH AUF.
CARSON, ICH GLAUBE, DU BIST BESSER ALS FAULKNER.
RÜLPS!
ANNEMARIE, SCHATZ ...
MEINE LIEBE, DAS GLAUBE ICH AUCH. ABER ICH BIN EINE FRAU UNTER WÖLFEN.
HALT DOCH ENDLICH DIE KLAPPE!
ICH HAB DEIN GEJAMMER SATT!
ICH LASCH MISCH VON DIR NICHT SSO BEHANDELN. HICKS!
DU DRECKIGE MORPH... MORPHIUMSÜCHTIGE! WEISS DAS DEINE KLEINE FREUNDIN?
CRASH
AAAAAARGH!!!

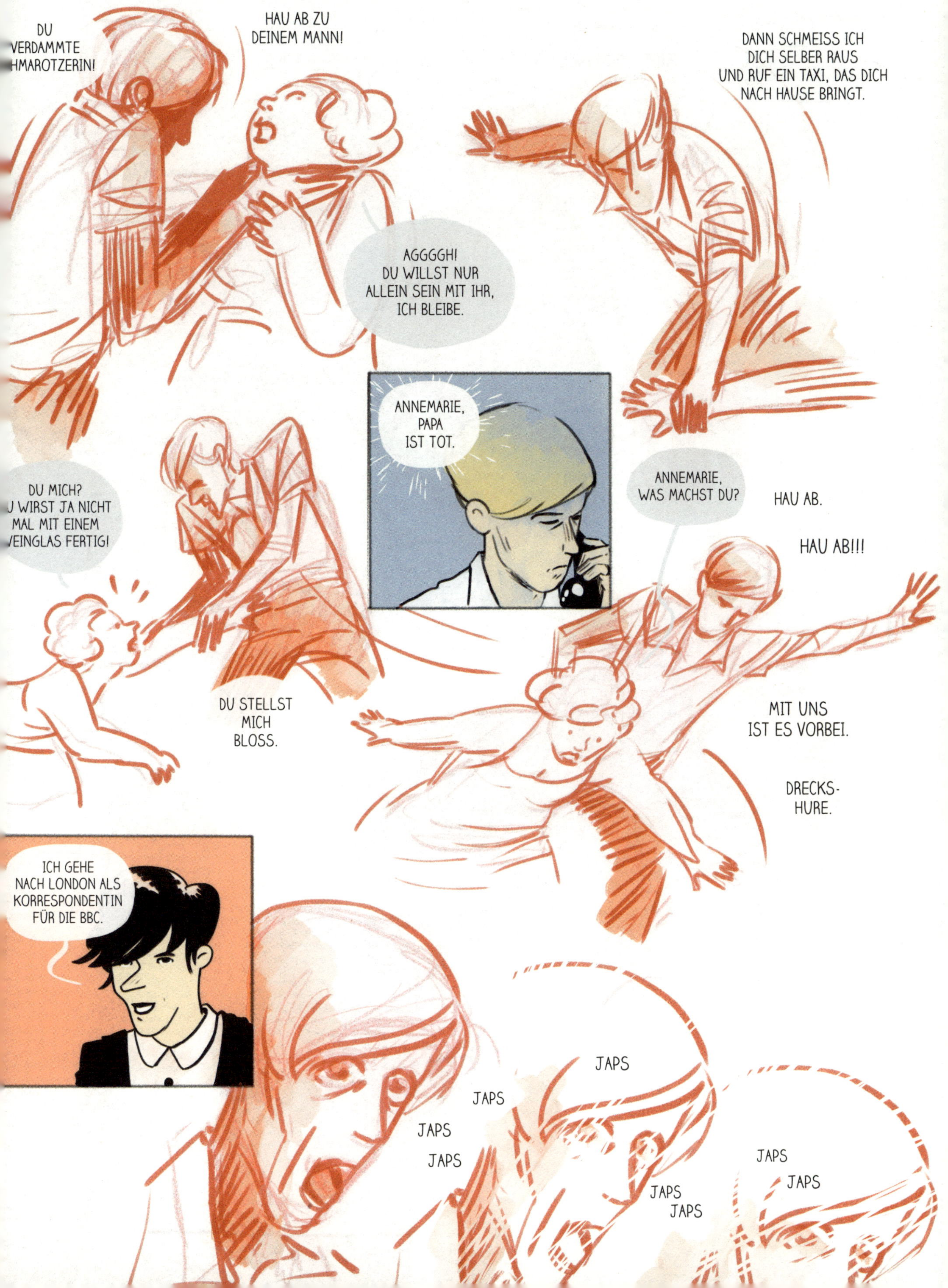
DU VERDAMMTE …HMAROTZERIN!
HAU AB ZU DEINEM MANN!
DANN SCHMEISS ICH DICH SELBER RAUS UND RUF EIN TAXI, DAS DICH NACH HAUSE BRINGT.
AGGGGH! DU WILLST NUR ALLEIN SEIN MIT IHR, ICH BLEIBE.
ANNEMARIE, PAPA IST TOT.
DU MICH? …U WIRST JA NICHT MAL MIT EINEM …EINGLAS FERTIG!
DU STELLST MICH BLOSS.
ANNEMARIE, WAS MACHST DU?
HAU AB.
HAU AB!!!
MIT UNS IST ES VORBEI.
DRECKS-HURE.
ICH GEHE NACH LONDON ALS KORRESPONDENTIN FÜR DIE BBC.
JAPS
JAPS
JAPS
JAPS
JAPS
JAPS
JAPS
JAPS

LASST MICH LOS!
MISS, BENEHMEN SIE SICH.
UFF!
RÜHRT MICH NICHT AN!!!
AAAH!
AAARG!
AAAH!!!
AAAH!

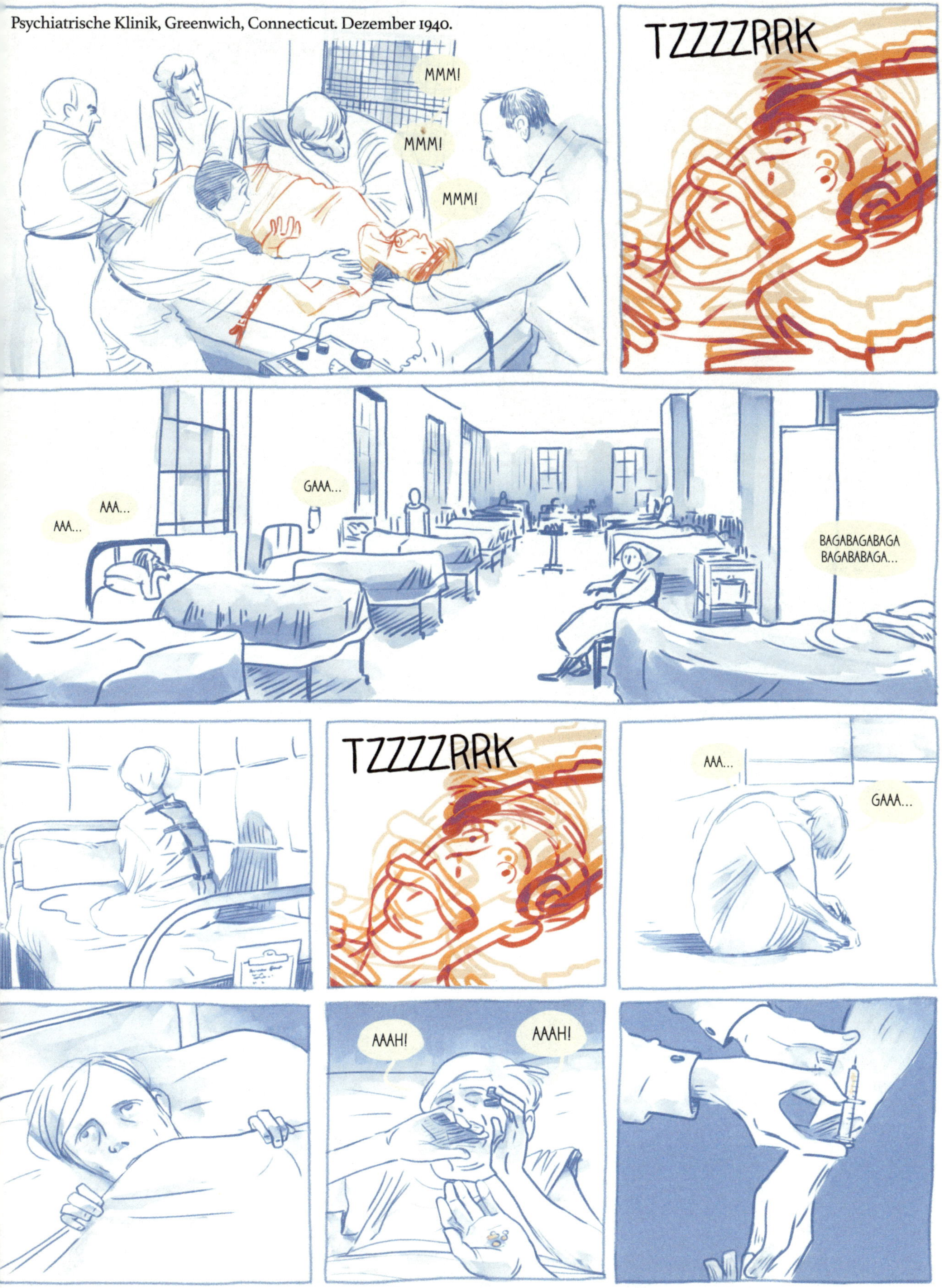

Psychiatrische Klinik, Greenwich, Connecticut. Dezember 1940.
MMM!
MMM!
MMM!
TZZZZRRK
AAA...
AAA...
GAAA...
BAGABAGABAGA
BAGABABAGA...
TZZZZRRK
AAA...
GAAA...
AAAH!
AAAH!

AH!
AH!
Dr. Alfred Wolkenberg
ANNEMARIE!
ABER WAS ...?!

FREDDY, WIR HABEN DEINE SCHWESTER INS BELLEVUE HOSPITAL EINGEWIESEN ...

WIEDER EIN SELBSTMORD-VERSUCH.

SIE IST VERRÜCKT, HASI.
**VERRÜCKT.**

PRIVATKLINIK WHITE PLAINS …
SIE MUSS DIE VEREINIGTEN STAATEN VERLASSEN, JA.
JA.

«Als ich an einem Freitag erfuhr, dass ich am nächsten Morgen auf der ‹S.S. Siboney› eine Kabine erhalten und nach Lissabon abreisen könne, merkte ich, dass für die meisten meiner amerikanischen Freunde eine Europareise zu etwas wie einem waghalsigen und phantastischen Abenteuer geworden war, - und dass das strategische Kartenbild des vom Krieg heimgesuchten alten Kontinents sich ihnen nur an einem Punkt zu einer lebendigen, ‹greifbaren› Wirklichkeit verdichtete: in Lissabon.»*
«Denn in Lissabon landeten amerikanische Klipper und Dampfer, von Lissabon kamen Flüchtlingskinder, Emigranten, Zelebritäten, der Name von Lissabon stand jeden Tag in den Zeitungen. - Das Verhältnis des alten zum neuen Kontinent hatte sich gleichsam umgekehrt. In früheren Zeiten war man aus dem sicheren Frieden der europäischen Heimat aufgebrochen nach dem wilden, rauhen, gefährlichen Amerika. Jetzt kam man nach Amerika, um den Frieden, die Zivilisation, die Sicherheit der Zukunft zu finden.»*
1941
Lissabon. Februar.
* Aus dem Artikel *Passagiere nach Lissabon*, 1941.
ANNEMARIE?
MAMA, ENDLICH BIN ICH ZURÜCK.
ICH RUFE AUS LISSABON AN.
SIE HABEN MICH IN DER BOTSCHAFT AUFGENOMMEN.
DU KANNST DANKBAR SEIN, DASS SICH DEIN BRUDER FREDDY IN NEW YORK UM UNSERE GESCHÄFTE KÜMMERT.
WAS HÄTTEST DU OHNE IHN GEMACHT.
DU WÄRST IN DIESEM SANATORIUM VERROTTET.

COSINHA ECONOMICA ISRAELITA
17
MAMA, ICH ...
WO WAREN DA DIE MANNS, DIE DU SO LIEBST?
WO?
ICH WILL NACH HAUSE KOMMEN.
WO BIST DU ZU HAUSE? WO IST EINE DROGENSÜCHTIGE ZU HAUSE?
HIER NICHT.
DIES IST NICHT MEHR DEIN ZUHAUSE, UND MEIN GELD IST AUCH NICHT MEHR DEINES.
WAS SOLL ICH DENN MACHEN?
KOMM NACH BOCKEN, UND ICH GEBE DIR GENUG GELD, DAMIT DU DICH VON DER FAMILIE FERNHÄLTST. <KLICK!>

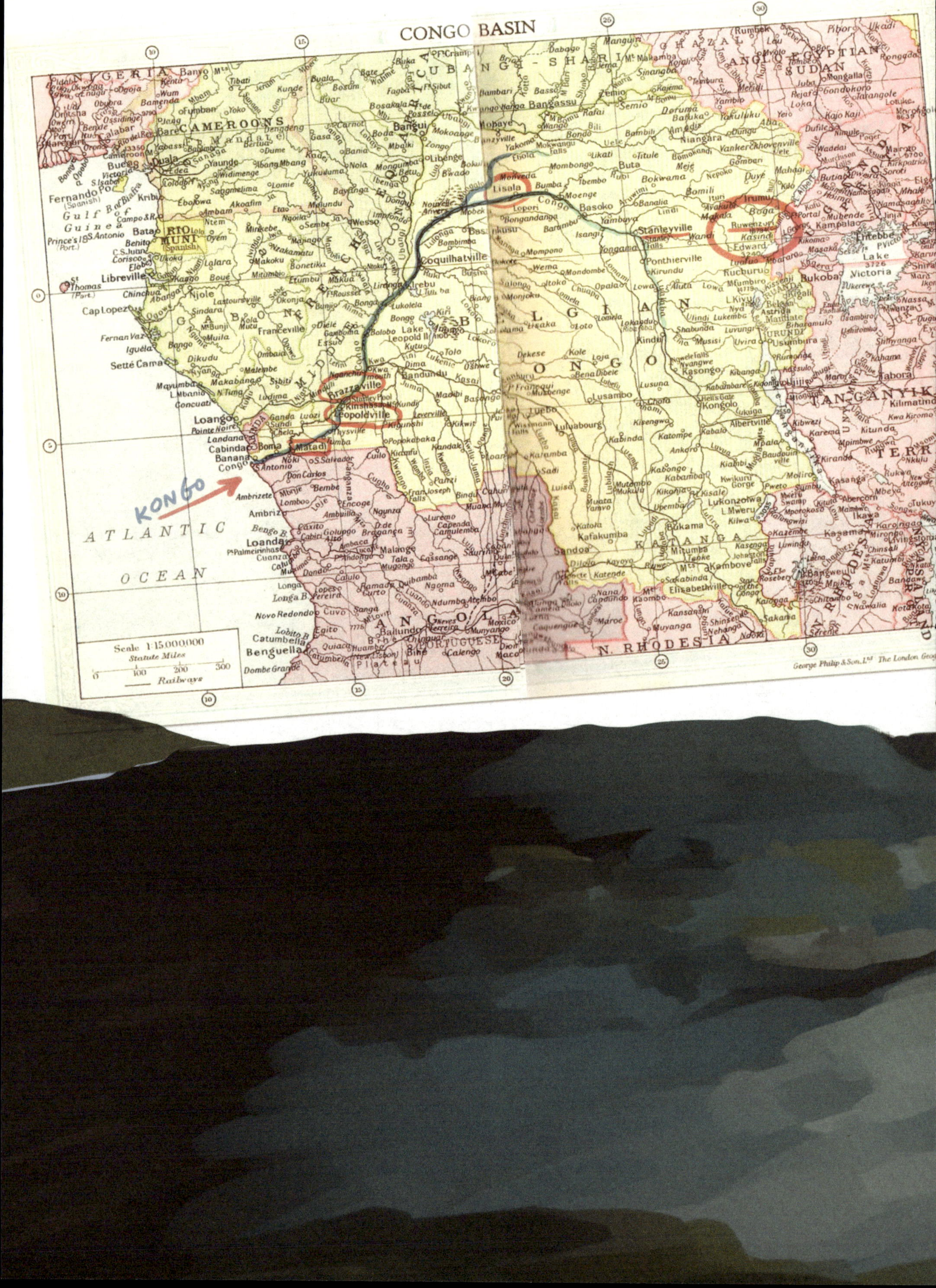
CONGO BASIN
KONGO
NIGERIA
CAMEROONS
RIO MUNI
Gulf of Guinea
ATLANTIC OCEAN
BELGIAN CONGO
ANGOLA
PORTUGUESE
N. RHODESIA
RUANDA
URUNDI
TANGANYIKA
ANGLO-EGYPTIAN SUDAN
UGANDA
Lake Victoria
Fernando Po
Libreville
Brazzaville
Leopoldville
Kinshasa
Matadi
Boma
Banana
Lisala
Coquilhatville
Stanleyville
Ruwenzori
Elisabethville
Albertville
Loanda
Benguella
Kampala
Entebbe
Scale 1:15,000,000
Statute Miles
Railways
George Philip & Son, Ltd The London Geog

Kongo-Fluss, km 501, Ankunft in Brazzaville, Mittelkongo, Französisch-Äquatorialafrika. Juni 1941.

«Liebe Kini*, ich bin in Afrika.»
* Ella Maillart.
«Vor ein paar Tagen wurde ich 33 und bin allein.»
«Ich feiere allein und bin glücklich.»
«Ich werde einen neuen Teil der Welt entdecken und lernen, allein zu sein. Nichts Schlimmeres kann mir mehr zustossen.»
«Ich bin in Afrika.»
Hauptquartier in Brazzaville.

ABER ...
ICH BIN IN AFRIKA!
EINE NAZISPIONIN?!
WIE ERKLÄREN SIE SONST, DASS SIE SO EINFACH AUS DER BESETZTEN ZONE HERAUSKAMEN?
ICH BIN MIT EINEM FRANZÖSISCHEN DIPLOMATEN VERHEIRATET. ES STEHT IN MEINEM PASS.
UND ALL DIE STEMPEL IN IHREM PASS?
ICH BIN JOURNALISTIN.
SIE KÖNNEN DIE ARTIKEL LESEN ÜBER ALLE ORTE, DIE ICH BESUCHT HABE. NICHT GERADE NAZIPROPAGANDA.
WARUM SIND SIE AUSGERECHNET IN DEN KONGO GEKOMMEN?
GENAUER GESAGT NACH BRAZZAVILLE. HAUPTQUARTIER DER FRANZÖSISCHEN EXILREGIERUNG ...
HAUPTSTADT DES FREIEN FRANKREICHS. ICH WILL MICH DEN FRANZÖSISCHEN STREITKRÄFTEN IM KONGO ANSCHLIESSEN, STATT UNTÄTIG HERUMZUSITZEN.
WOLLEN SIE IN DER RADIOSTATION ARBEITEN?
DEN GANZEN TAG IN EINEM BÜRO SITZEN, MORSEMELDUNGEN BEKOMMEN UND ÜBERSETZEN BEGEISTERT MICH NICHT GERADE.
FÜR MICH KLINGT DAS NICHT SEHR HELDENHAFT, ABER ICH KANN ES MACHEN. ICH KANN SCHREIBEN UND SPRECHE PERFEKT DEUTSCH, FRANZÖSISCH UND ENGLISCH.
VERFASSEN SIE EINEN BERICHT, UND WIR SCHAUEN, WAS WIR TUN KÖNNEN, MADEMOISELLE.
EINE FRAU, DIE ALLEINE REIST ...
HAT ETWAS ZU VERBERGEN.
ANSCHEINEND IST SIE AUS DIPLOMATENKREISEN.
WAS WILL DIE HIER?

ICH MUSS WEG AUS DIESER VERRÜCKTEN STADT.
ICH GEHE NACH LÉOPOLDVILLE.
FRANZÖSISCH-KONGO
Brazzaville
Léopoldville
BELGISCH-KONGO
CONGOLIA
WIE ERKLÄREN SIE, DASS SIE SO EINFACH AUS DER BESETZTEN ZONE HERAUSKAMEN?
ICH HABE EINEN DIPLOMATEN-PASS.
UND ALL DIE STEMPEL IN IHREM PASS?
ICH BIN JOURNALISTIN.
ICH SCHREIBE ARTIKEL ÜBER JEDE REISE. WAS ICH SCHREIBE, IST KEINE NAZIPROPAGANDA.
WAS MACHEN SIE IM KONGO?
ICH WOLLTE MICH DEN STREITKRÄFTEN DES FREIEN FRANK-REICHS IM KONGO ANSCHLIESSEN. ICH WILL ZUR RÉSISTANCE.
WOLLEN SIE BEIM RADIO UND FÜR DIE LOKALPRESSE ARBEITEN?
JA, DAS KANN ICH.
ICH SPRECHE PERFEKT DEUTSCH, FRANZÖSISCH UND ENGLISCH.
VERFASSEN SIE EINEN BERICHT, UND WIR SCHAUEN, WAS WIR TUN KÖNNEN, MADEMOISELLE.

Schweizer Konsulat in Léopoldville. Zwei Tage später.
WIE BITTE, MEIN VISUM WURDE ABGELEHNT?
JA, GENAU.
ABER WARUM?
ICH SEHE KEINEN KOMMENTAR. NUR ‹ABGELEHNT›.
HEISST DAS, ICH SITZE IM KONGO FEST?
JA, GENAU.
6. Juli 1941. OTRACO, Koloniales Transportbüro.
ES STEHT FEST.
«Liebe Carson …»
«Der Anblick des Dschungels Tag und Nacht beängstigt mich.»
«Er ist wie ein grüner Ozean, grüne Mauern türmen sich an beiden Flussufern.»

«Überall grün, kein offener Raum, kein Horizont.»
TUCK
TUCK
TUCK
TUCK
Lisala, Belgisch-Kongo. Sieben Tage später.
HAHAHA! KEINE SORGE, IN LISALA SIND ALLE WILLKOMMEN.
JA, EINE NAZISPIONIN.
SIE KÖNNEN BEI MIR WOHNEN. ICH LEBE ALLEIN UND BIN SCHON ALT.
AUCH WENN HIER NICHT VIEL LOS IST. HAHA!
KEIN RESTAURANT, KEIN HOTEL, NUR DSCHUNGEL UND WIR, DIE EUROPÄER.
UND ABENDS NUR RADIO, KRIEG UND WHISKEY.
DAS HIER IST NUR EINE ETAPPE AUF MEINER REISE. ICH GEHE NACH MOLANDA, WO EINE SCHWEIZER FAMILIE EINE KAFFEEPLANTAGE FÜHRT.
MEINE REISE INS HERZ AFRIKAS WIRD WIE EINE REISE IN MEIN INNERES.
UND WARUM AFRIKA?
WEIL HIER INNEN UND AUSSEN EINS WERDEN.
PASSEN SIE AUF, MADEMOISELLE, DIE STRASSE IST NUR EIN DURCH DEN DSCHUNGEL GESCHLAGENER, ETWAS VERBREITERTER NEGERPFAD, DIE BRÜCKEN AUS BRETTERN BRECHEN OFT EIN, NACH EINEM REGENFALL IST DIE ROTE ERDE GLATT WIE EIS, UND DIE SCHWARZEN ERSTECHEN GELEGENTLICH EINEN FREMDEN VON HINTEN MIT LANZEN UND ESSEN IHN AUF.

BRUMMM
DANKE, DASS SIE MICH NACH MOLANDA BRINGEN!
GERNE! DURCH 250 KM NICHTS, UND SIE SIND AM ZIEL, MADEMOISELLE!
KRICK
KRACK
BRUMMM

Plantage des Schweizer Ehepaars Vivien in Molanda, Mongala, Belgisch-Kongo. August 1941.

«Liebe Carson
Es ist ein sehr schöner und fast fröhlicher Morgen, die frühe Sonne am Äquator ist noch nicht stark, sondern spielt mit dem Nebel und dem dunstigen Grün von Palme Blumen und Gras. Frau Vivien, die Plantagenbesitzerin, i eine liebenswürdige und starke Frau …»

«Wenn nötig tötet sie Elefanten und leitete etwa tausend Schwarze allein, als ihr Mann krank war und nach Europa zurückkehrte. Sie ist fast eine lebende Legende hier, und seit ich, ebenfalls eine Schweizerin, hier ankam, mit Hosen und dem Aussehen eines Jungen, und behaupte, eine Frau zu sein …»

«… glauben die schwarzen Gombe und Gwaka, alle Schweizer Frauen seien seltsam.»

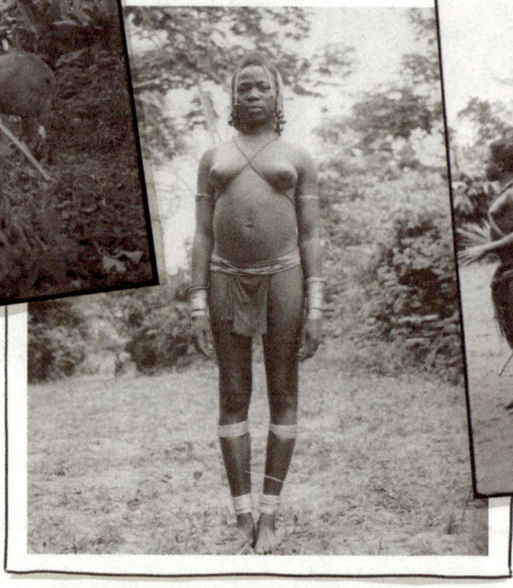

«Liebe Kini … Ich muss gestehen, dass mir das Schreiben in letzter Zeit und vor allem im letzten Jahr in den USA schwerfiel, meine Gedichte schrieb ich im Zustand der Überreizung, angeregt durch Rauschmittel, Übermüdung, Alkohol und immer nachts.»
«Ich fürchtete, mich allein nicht auf meine innere Stimme konzentrieren zu können. Meine Intelligenz reichte nicht, um Ideen zu formen und auszudrücken; meistens kamen sie in der Verwirrung zustande und waren deshalb nicht rein und von meinen Schwächen gezeichnet.»
«Aber seit ich Lissabon und Léopoldville verlassen habe und in Molanda bin, helfen mir die Umstände.»
«Ich bin gezwungen, auf alle äusseren Stimulierungen zu verzichten, weder stören mich äussere Reize, noch werde ich von Menschen, Kritik oder Leidenschaft abgelenkt …»
SCHHH…
«Ich bin allein mit mir selbst. Ich liebe jetzt die Ruhe um mich herum und kann zuhören und mich konzentrieren.»
PUM

MENSAHIB, KEBA!
KEBA!
KEBA!
KRACK
KLICK
ROLLEIFLEX

«Da kam es zur Union zwischen dem, was in mir spricht, mit dem, was um mich ist, das Gefühl einer glücklichen Einheit.»

Strasse nach Sudan, Grenze zu Uganda. September 1941.
BRUUMM
SCHAU, ANNEMARIE, DAS RUWENZORI-GEBIRGE.
«Meine liebe Carson, sechs Wochen lang reiste ich mit Frau Vivien. Wir gingen nach Tschad durch den Sudan …»
«Und ich fühlte das Ende des Urwaldes.»
FSSSSS
SCHALT BITTE DEN MOTOR AUS.
«Ich merke, ich kann wieder sehen, hören …»
FSSSS
«Fühlen und leiden aus einem tiefen Gefühl der Liebe …»
«Und der Sinn für das Schreiben ist wieder klar.»

FSSSSSSSSSSS
FSSSSSSS
FSSSSSSSSSSS

«Er sah nur den Baum, und konnte seine Augen nicht davon lösen.»
«Als halte sich etwas Sehnsüchtiges in ihm, vielleicht seine Seele, am Bild fest, dieses knorrigen Stamms, dieser ausgespannten Äste.»
«Und wolle es umarmend mit dieser Fülle glänzenden Grüns verschmelzen.»
«Er musste der Zerstreuungen überdrüssig sein und das Lächeln der hohen Persönlichkeiten vergessen.»
«Seine Verabredungen brechen.»

* Aus *Das Wunder des Baums*, 1942.

1942
Tetuán, Marokko. Juni.
Im Haus von Claude Clarac.
WEISST DU, CLAUDE, IM KONGO WAR ICH BEI EINEM STAMM, IN DEM DIE FRAUEN IM DURCHSCHNITT 35 JAHRE ALT WERDEN.
DA BESCHLOSS ICH, DASS ICH ZU HAUSE ALT WERDEN UND STERBEN WILL, IN SILS, IN FRIEDEN, IN MEINEM BETT. AM SEEUFER.

Annemarie Schwarzenbach starb mit 34 Jahren in ihrem Bett in Sils an den Folgen eines Velounfalls, den sie am 6. September 1942 erlitten hatte, und verschiedener ärztlicher Behandlungsfehler.

Ihr Todeskampf dauerte fast zwei Monate.

Der Leidenschaft ihrer Mutter für die Fotografie sind zwei Bilder zu verdanken, die Zeugnis ablegen von jenem Tag. Eines der toten Annemarie, aufgebahrt in ihrem Bett, das andere zeigt, wie schön der See am 15. November 1942 war.

**ENDE**

# Konsultierte Literatur


- Bonstein, Carole. *Une Suisse rebelle. Annemarie Schwarzenbach 1908–1942.* Troubadour Films / Nasser Bakhti, 2000 (DVD).
- Jung, Joseph und Renfer, Christian. *Der Landsitz Bocken am Zürichsee.* Gesellschaft für Schweizerische Kunstgeschichte, 1994.
- Maillart, Ella. *Der bittere Weg.* Lenos, 2001.
- Mazzucco, Melania G. *Die so Geliebte. Roman um Annemarie Schwarzenbach.* Piper, 2003.
- Miermont, Dominique Laure. *Annemarie Schwarzenbach – eine beflügelte Ungeduld.* Ammann, 2008.
- Moeschler, Vinciane. *Annemarie S. o las fugas desesperadas.* Llibreria Universitària de Barcelona, 2001.
- Müller, Nicole und Grente, Dominique. *Der untröstliche Engel. Das ruhelose Leben der Annemarie Schwarzenbach.* Knesebeck, 1995.
- Schwarzenbach, Alexis. *Auf der Schwelle des Fremden. Das Leben der Annemarie Schwarzenbach.* Collection Rolf Heyne, 2008.
- Schwarzenbach, Alexis. *Die Geborene. Renée Schwarzenbach und ihre Familie.* Scheidegger & Spiess, 2004.
- Schwarzenbach, Alexis. *«Maman, tu dois lire mon livre». Annemarie Schwarzenbach, sa mère et sa grand-mère.* Metropolis, 2007.
- Schwarzenbach, Annemarie, Maillart, Ella und Bouvier, Nicolas. *Unsterbliches Blau. Reisen nach Afghanistan / Bleu immortel. Voyages en Afghanistan.* Scheidegger & Spiess / Zoé, 2003.
- *Renée Schwarzenbach-Wille. Bilder mit Legenden.* Hrsg. von Alexis Schwarzenbach. Scheidegger & Spiess, 2005.
- Tavares, Emília und Serrano, Sónia. *Auto-retratos do mundo. Annemarie Schwarzenbach 1908–1942.* Museu Coleção Berardo / Tinta-da-china, 2010.

# Konsultierte Werke von Annemarie Schwarzenbach


- *Alle Wege sind offen. Die Reise nach Afghanistan 1939/1940.* Lenos, 2000.
- *Bei diesem Regen.* Lenos, 1989.
- *De monde en monde. Reportages 1934–1942.* Zoé, 2012.
- *Eine Frau zu sehen.* Kein & Aber, 2008.
- *Freunde um Bernhard.* Lenos, 1993.
- *Das glückliche Tal.* Lenos, 2006.
- *Jenseits von New York. Reportagen und Fotografien 1936–1938.* Lenos, 1992.
- *Lettres à Claude Bourdet 1931–1938.* Zoé, 2008.
- *Lyrische Novelle.* Lenos, 1988.
- *Orient exils.* Payot et Rivages, 2003.
- *Les quarante colonnes du souvenir / Die vierzig Säulen der Erinnerung.* Esperluète, 2008.
- *La quête du réel.* La Quinzaine littéraire / Louis Vuitton, 2011.
- *Rives du Congo. Tétouan / Kongo-Ufer. Aus Tetouan.* Esperluète, 2005.
- *Tod in Persien.* Lenos, 1995.
- *Winter in Vorderasien. Tagebuch einer Reise.* Lenos, 2002.

# Gemeinsamer Dank

Unser Dank geht an das gesamte Team von Norma Editorial für die Geduld, für das Vertrauen in dieses Projekt und eure stete Herzlichkeit. An Luis Martínez, an Bernat Fiol und an Amaiur Fernández, denn ohne eure Hilfe wäre diese Graphic Novel gar nicht möglich gewesen. An Álex Fernández für den Glauben an ein Projekt, das noch in den Kinderschuhen steckte. An Ainara Torrano Marín für ihre unschätzbare Hilfe bei den Übersetzungen aus dem Deutschen, an Maria Bermudez vom Museu Coleção Berardo in Lissabon und an Christine Fischer für ihre Freundlichkeit. An Gema Moraleda und an Arnau Manyosa dafür, dass sie uns in ihrem Haus in Zürich beherbergten, und an Mili Schoch, an Manuel Jara und an Jacqueline Marcuard (R.I.P.), die uns Anekdoten über Ella Maillart erzählten, die sie beim Skifahren kennengelernt hatten, für ihre Gastfreundlichkeit in Bern. Und natürlich an Alexis Schwarzenbach für seine unglaubliche Grosszügigkeit und dafür, dass wir diesen kalten Novembernachmittag mit dem Durchblättern der Fotoalben von Renée Schwarzenbach-Wille verbringen durften. Und an die geheimnisvolle Katze von Sils.

Dank von **SUSANNA MARTÍN**
Seit 2001, als meine Faszination für Annemarie ihren Ursprung fand, sind schon so viele Jahre vergangen und so viele Menschen in mein Leben getreten, dass mein Dank – ebenso wie mein Erinnerungsvermögen – unweigerlich zu kurz ausfallen wird. Ich möchte insbesondere meine Freundinnen erwähnen, die mir in schweren Zeiten stets mit aufmunternden Worten, Ratschlägen, Schultern zum Weinen und einer Portion Liebe zur Seite standen: Eva, Sarah, Juanita, Elina, Mónica, Txus ... an euch alle: trillionenfacher Dank. Und an June für deine unendliche Menge an Liebe, Fürsorge und bedingungsloser Unterstützung, die für die Fertigstellung des Buches so wichtig waren.

Dank von **MARÍA CASTREJÓN**
An Favio. Immer an Favio. An Annemarie, die nicht nur eine Reisegefährtin war, sondern sich während der kreativen Phase in mein Alter Ego verwandelte und durch die ich mich selbst etwas besser zu verstehen lernte in dieser Welt, in der die «Verrückten», wie Leopoldo María Panero sie nannte, allein sind. Wir beide spielen das Spiel des Lebens nach denselben Regeln. Danke für deine Gesellschaft. Danke an alle, die mich in diesem Prozess begleitet haben, der aufgrund der Umstände schwieriger war als notwendig. Danke für eure Unterstützung, ihr wisst schon, wen ich meine. Dank geht auch an Ángel und an meine Eltern dafür, dass ihr immer an meiner Seite seid. Ebenfalls an Ángel und Favio dafür, dass ihr mit mir ans Meer fahrt, mit mir ferne Länder bereist, wo ich wieder zu Sinnen kommen kann. Und auch an Candela, mit der ich reisen kann, indem wir uns einfach hinter eine Tür setzen.